生きるとか死ぬとか父親とか

ジェーン・スー

新潮社

生きるとか死ぬとか父親とか　目次

NIPPON G
10000YEN

装画・題字・目次、扉カット　きくちまる子
装幀　新潮社装幀室

生きるとか死ぬとか父親とか

この男、肉親につき。

我が家の元日は、墓参りと決まっている。

「我が家」と言っても、七十七歳の父と四十二歳のひとり娘だけの、限界集落ならぬ限界家族。元日の墓参りが決まりごとになったのは、母が十八年前に鬼籍に入ってからのことだ。

待ち合わせにはいつも私が遅れてしまう。遅刻癖は父親譲りだが、年寄りは暇なのか、最近は待ち合わせ時間の十分以上前からそこにいることが多い。

二〇一六年の元日も、父は私より早く護国寺に到着していた。頭にはチャコールの中折れ帽。ユニクロのグレーのライトダウンを羽織って、石材店の大時計の下に腰掛けていた。

一日中テレビを見ながらソファに寝そべっているせいだろう、腹筋と背筋が退化して、ズルリと椅子に腰掛けている姿を見ると気が滅入る。最近は派手な色を好んで着ていたのに、今日に限って全身どんよりとした色使いだ。墓場に墓石のような男がいると思ったら、それが父だった。

「あけましておめでとうございます」

新年の挨拶をしながら、私も店に入る。いつもは人の少ない店内も、正月は墓参りの客がひっきりなしに出たり入ったりで活気づいている。

「こないだ来たときに着ていたブルゾンが本当に素敵だったと話していたのだけれど、今日は違うの着てきちゃったのね」

石材店のおかみさんが、私の顔を見るなり残念そうな声で言った。おかみさんも墓石ダウンが気に入らないらしい。

前回の墓参りに、父は真っ赤なブルゾンに私が買ってあげたボルサリーノの中折れ帽をかぶり、首にはクリーム色のカシミアマフラーという出で立ちで現れた。どこの司《つかさ》忍《しのぶ》かと思えば父だった。なかなか良く似合っていたので「とても文無しには見えないよ！」と最大級の賛辞を送った。

外車でも乗り回していそうな出で立ちが映えるこの男には、全財産をスッカラカンにした前科がある。まあ彼が自分で稼いだ金だし、私が保護下にあるときにお金のことで困ったことは一度もない。それはそれで良いのだけれど、それにしても大胆に失くしたなと感心する。

　奥から出てきた店の大おかみにも「あら、今日は赤いブルゾンじゃあないの？」と尋ねられ、父は暑かったからとか寒かったからとか、適当な返事をしていた。続いてご主人も出てきて、同じようにブルゾンのことを聞かれていた。前回その場にいなかった二人が赤ブルゾンのことを知っているということは、おかみさんが話したに違いない。おかみさんは父の赤ブルゾンをたいそう気に入ったらしい。父は女によく好かれる男だ。

　花と線香を手に、父と緩やかな坂道を上がる。元日はたいてい天気がよく、今日も雲ひとつない青空だ。

「俺はババア専門なんだ」

　唐突に父が言う。なんのことかと尋ねれば、件《くだん》の赤いブルゾンを着ていたら、知らないおばあさんから「素敵ね！　私、その色が大好きなの！」と声をかけられたのだそうだ。ちょうど地下鉄の長いエスカレーターに乗ったばかりで逃げ場もなく、延々とそのおばあさんの褒め言葉を浴びていたらしい。

「バアさんがさ『ほら今日の私の靴もその色よ！』って足元を指差すんだけど、どう見たって靴は茶色なんだよ」

父が笑う。そうは言わなかったけれど、ご婦人からこれ以上声をかけられたくないから、今日はグレーのダウンにしたのだろう。背負《しょ》ってるにも程がある。

葬式でもない限り、老人は常に明るい色を着たほうがいい。老人だけじゃない。冬になると、街を歩く中年以降の男はみんな煮しめたおでんみたいな色の服を着ていて、とてもみすぼらしく見える。地下鉄の中ではおじさんたちが揃いも揃って昆布みたいな色のセーターの上にがんもみたいなブクブクしたコートを着たりして、おでんの妖精かよと思う。


父と私はバラバラに暮らしている。母が亡くなってから二度ほど同居を試みたことがあるが、散々だったので諦めた。

私が子どものころ、父は煽ってきた車に窓を開けて大声を上げるような気性の持ち主だった。いまではずいぶん丸くなり、人の話を聞く素振りができる。

三つ子の魂百までとは言うものの、実際には七十ぐらいまでではなかろうか。父を見ているとそう思う。古希を超えたあたりで「老い」という大波が絶え間なく押し寄せるようになり、否応なく父の尖ったところを削り取っていった。それでも花崗岩が軽石になるわけではないので、当たりどころを間違えればこちらは大怪我をすることになる。

「マカ般若ハーラーミーター　マカ般若ハーラーミーター」

墓石に手を合わせながら、父が節をつけてお経を唱え始めた。母が亡くなってから最低十年は毎朝仏壇に手を合わせ般若心経を唱えていたのに、父はついにマカ般若ハーラーミーター以降を一節も記憶しなかった。どうかしている。けれど、一度も唱えなかった私よりは徳が高いと思うことにしよう。

なんちゃって般若心経のあとはいつも「美智子さん、晋一郎さん、チカコ姉さん、ご先祖さま、いつも見守ってくれてありがとうございます。娘も私も元気にやっています」と、墓に入った人たちにお礼と近況報告をするのが父の習慣だ。

美智子は母の名で、晋一郎は父の父、私の祖父にあたる人の名だ。父は三人兄弟の末っ子で、上は兄が二人。チカコ姉さんが誰なのか、私はよく知らない。早くに死んだ姉だと聞いたこともあるけれど、それも記憶が不確かだ。伯父二人からチカコ姉さんの話は聞いたことがない。

私が父について書こうと決めたのには理由がある。彼のことをなにも知らないからだ。一緒に過ごしてきたあいだのことはわかっている。しかし、それ以前のことはチカコ姉さんが誰かわからないように、はっきりとしない。一緒に過ごしてきたこの四十数年だって、私が目で見て感じてきたことでしかない。いままで生きてきて一番長く知っている人のはずなのに、私は父のことをなにも知らないも同然だ。

母は、私が二十四歳の時に六十四歳で亡くなった。明るく聡明でユーモアにあふれる素敵な人だった。しかし、私の前ではずっと「母」だった。彼女には妻としての顔もあったろうし、女としての生き様もあったはずだ。

私は母の「母」以外の横顔を知らない。いまからではどうにもならない。私は母の口から、彼女の人生について聞けなかったことをとても悔やんでいる。父については、同じ思いをしたくない。

墓に手を合わせ、心中で主に母への近況報告をしていたら、「武藤さんのお墓にも水を遣れ」と父が言った。

武藤さんは向かいのお墓で、あまり人が訪ねてこない。いつからか、私たちは桶に残った水を「いつもお世話になっています」と少しだけ掛けるようになった。

武藤さんのお墓に水を掛けるとき、私はいつもうっすら邪《よこしま》な気持ちを持ってしまう。十年くらい前にちょっとした金額の宝くじを当てた父は「武藤さんの墓に水をあげているから、武藤さんが当ててくれた！」と喜んだ。そんな訳はないのに、それからしばらく、父は武藤さんのお墓にたっぷり水をあげたり墓石に話し掛けたりしていた。

当の本人はすっかり忘れているようだけれど、私はどうしても忘れられない。そんな馬鹿なと打ち消しながら、もう一度当ててくれないかなと、揉み手をするような気持ちでやさしく水を掛けてしまう。

墓参りを終えたら、二人で音羽のロイヤルホストに行く。以前はホテルオークラを懇意にしていた父は「ファミレスなんて味のわからない馬鹿が行くところだ」とずっと悪態をついていたのに、スッカラカンになったらいきなり柔軟性を発揮した。いまでは「ロイホを馬鹿にする奴はわかってない」と同じ口が平気で言う。

父は七十七歳にしてはよく食べる方だ。この日もパスタ付きのビーフシチューをペロリと平らげた。前回は、ハンバーグを食べたあとにフレンチトーストまで食べた。

フレンチトーストはホテルオークラの看板メニューで、父の大好物でもある。夕食のあと母がキッチンに立ち、卵と砂糖と牛乳にバニラエッセンスを数滴入れた液体に食パンを浸していたのを思い出す。翌朝に父と私に食べさせるためだった。

父はコーヒーを飲まず、ロイヤルミルクティーを好む。ロイヤルホストのドリンクバーには当然、ロイヤルミルクティーなどない。温かいミルクもない。植物性のコーヒーフレッシュは嫌がるので、私はいつもコーヒーカップを両手にひとつずつ持ち、ラテ・マキアート（エスプレッソと少なめの泡立てたミルク）のボタンを押す。最初の数秒だけ温かいミルクが出てくるので、左手のカップにそれを注ぐ。ゴボゴボと音がしてきたら次はエスプレッソが出てくる。私はカップをさっと引き、右手のカップを差し出してエスプレッソを受け止める。温かいミルクだけが入った左手のカップにはアールグレイのティーバッグを入れ、少しだけお湯を足す。これで簡易ロイヤルミルクティーの出来上がりだ。

私はエスプレッソが入った右手のカップを再びマシンの下に置き、もう一度ラテ・マキアートのボタンを押す。苦み走りまくったダブルショットのラテ・マキアートが私の飲み物になる。

父に我が儘を言われたわけではない。そもそも、私がこんな曲芸じみたことをしてロイヤルミルクティーを作っているのを父は知らない。

なぜ周囲に訝《いぶか》しがられながらもこんなことをしているかと言えば、それは私が女だからなのかもしれない。血の繋がった娘の私でさえ、この男を無条件に甘やかしたくなるときがある。他人の女なら尚更だ。

女に「この男になにかしてあげたい」と思わせる能力が異常に発達しているのが私の

父だ。私も気を引き締めていないと、残りの人生は延々と甘やかなミルクを父に与え続け、私は残りの苦み走った液体をすすることになる。

男の愛嬌

父が引っ越したので、新居を訪ねることにした。小石川にあった実家を手放し要町《かなめちょう》に移って五年。父は気に入っていたが、諸般の事情でまた引っ越すことになった。23区内ではあるが、都心とは言い難い住宅街の団地が新しい住まいになる。

随分と前から「引っ越すなら数か月前には教えて欲しい」と父に念を押していた。引っ越し代などを援助することになる予感があったのだ。

援助に抵抗はなかった。なに不自由なく育ててもらった恩は、生きているあいだに返したい。母の死から私は多くを学んだ。

私は結婚もしていないし、子どももいない。父に未婚を咎《とが》められたことは一度もなく、私もいままでの人生に一片の後悔もない。それでもやはり、孫の顔というやつを見せてあげられなかったことが若干後ろめたい。金で解決できるとは思わないが、やらないよりはマシだ。

数か月前、父が引っ越しをほのめかし始めたころのこと。私の仕事先まで足を運ぶので会えないかと父から電話があった。こんなことは滅多にない。「ついに来たな」と、女友達をその場に呼ぶことにした。第三者の目があると、父も私も冷静でいられるのだ。しかも彼女は不動産に強い。

銀行の前で待ち合わせ、喫茶店に入る。父はロイヤルミルクティーをオーダーした。私は父の隣にひょいと置かれた縦長の手提げ袋が気になって仕方がない。袋には不動産屋のロゴが印刷されていた。

たまらず「それ、なに?」と尋ねる。父はニヤリと手提げ袋を開き、テーブルの上に物件資料を出した。どうやら、すでに引っ越し先を見つけてきたらしい。相談ぐらいしてくれたっていいのに。私はしぶしぶ資料に目を通す。

「緑の多いところでさ、いまの季節は紅葉もすごいんだよ。写真も撮ってきた」

父が鞄からデジカメを取り出した。いつの間に買ったのか。

父はそれをすぐ私の女友達に渡した。彼女が慣れた手つきで画像を出す。なるほど、赤や黄色に色づいた並木が見事だった。

部屋の様子を尋ねると、デジカメに写真があると言う。ボタンを押したら、押入れやらドアやら、「ブレア・ウィッチ・プロジェクト」のようにブレブレの画像が何枚も出てきた。女友達も私も、それを見て大笑いしてしまった。あとから考えると、この時点で父の勝ちだったような気がする。

資料に目を戻した私は、「ぎゃあ！」と声を上げた。父が借りようとしている部屋は、60平米を優に超えている。荷物の多い男ではあるけれど、さすがに広すぎやしないか。図面を見る限り、かなりゆったりした2ＬＤＫだ。

「で、いくらなの？」

私は焦って父に尋ねた。

まったく悪びれず、とぼけた顔で父が言った金額は、彼が毎月もらっている少額の年金より一万円ほど多かった。私は爆笑した。女友達が笑っていたかどうかは、覚えていない。

いつもは私を呼び出す父が、なぜわざわざ足を運んできたのかよくわかった。とぼけ顔の父はなおも続ける。収入がない賃貸希望者は一年分の家賃を前納する必要があること。すでに物件の仮申し込みをしてきたこと。早めに入金しないといけないことなど。

「担当の女の人が良くしてくれてさ、先客がいたらしいんだけど、こっそり俺に回してくれたんだ」

父の言葉が真実かどうか、私には知る術もない。事実は、父が住みたい家に住むのに金が必要だということだけだ。

「いいよ」

私は気前よく返事をした。横に座っていた女友達が「ええ！」と大きな声を出した。昨年は運よく稼げたので貯えもできたし、老人が住みたくもない家に住むのも忍びない。なにしろ父のプレゼンが面白かった。そして、私には算段があった。

「いいけど、君のことを書くよ」

金を出すと言われた手前、父も断れないはずだ。

「いいよ」

今度は父が気前よく言った。


池袋から三十分ほど電車に揺られ、父の住む街に着いた。指定された出口で待っていると、しばらくして父が現れた。

父が車の運転をやめてずいぶん経つが、いまだに徒歩で移動する姿を見るのに慣れない。七十七歳の割には元気に見える日もあるし、年相応に見える日もある。今日は後者だった。

父の案内で駅から歩くと、五分もしないうちに高島平を彷彿とさせる巨大な団地群が現れた。見渡す限りの団地、団地、団地。数百人は住む棟が、軽く五十はある。小石川とはかけ離れた光景に、私はたじろいだ。

学校、病院、郵便局、公園、スーパーなど、周辺施設が充実したこの団地群は築三十年と少しらしい。団地の一階にはスーパーがあり、老婦人が野菜を選んでいた。建ったばかりのころは若い家族で活気に溢れ、子どもの声がさぞ賑やかだったろう。

団地群に入り数分歩いても、父の住む棟には辿り着かない。引っ越したばかりだというのに、父は右に左にくるくる曲がり先を歩いていく。ちょっとしたダンジョンに迷い込んだようで、あとを追いかけるので精一杯だ。

「着いたよ」

父がエレベーターの前で振り返った。帰りはひとりじゃここを出られない。

七階でエレベーターを降り長い廊下を進んでいくと、曲がり角の先から中国語が聞こえてきた。小さな子ども二人と、私より一回り年下と思しき母親が駆け足で通り過ぎていく。

軽く会釈をして視線を廊下に戻す。すると、数軒先に父の部屋があった。遠目からでもわかったのは、小石川の家に置いてあったシーサーの置物が、玄関の外に置かれていたからだ。

片手で数えても指が余るほど滅多になかった家族旅行で、沖縄を訪れたのは三十年以上前のことだ。私はまだ小学生で、海や太陽のきらめきより、ひめゆりの塔に打ちのめされた。ハブとマングースの決闘を見た。さとうきびの茎をしゃぶった。底の一部がガラスになった船に乗り、鮮やかな魚たちに目を輝かせた。

船上で配られた麩を水面に撒くと、魚がどんどん集まってくる。興奮した私が母の方を振り向くと、母の隣に座っていた老婆が誤って麩を自分の口に入れていた。「おばあちゃん！　それ食べないで！　魚の餌！　もう！」と老婆の家族がイライラした声を出し、私は途端に寂しい気持ちになったのを覚えている。あのとき、父は同じ船に乗っていたのだろうか。

玄関を入ると、そこは荷物の山だった。捨ててから引っ越せとあれだけ言ったのに、それは叶わなかったようだ。

傘だけで十本以上ある。大きな傘立てからニョキニョキと溢れ出た傘が植物のようで、写真に撮り件の女友達に画像を送った。リビングに入るとダイソンの扇風機が二台もあった。それも撮って女友達に送った。

私は父の引っ越しを一切手伝わなかった。我ながらひどい娘だ。手伝ったら喧嘩になると回避したのが表向きの理由だが、本当は父と引っ越しがセットになった場面を、もう二度と見たくないからかもしれない。

小石川の家から出たときのことを思い出すと、まだ胸がギュウと押し潰される。父もそうだと思う。

荷物だらけのリビングでソファに座り、父はニコニコとベランダを見ていた。

「このあいだ、ムクドリがここまで来たんだよ」

父は鳥が好きだ。街を歩いていても、枝に止まる小鳥を指さしては「シジュウカラだ!」とか「ヒヨドリの鳴き声がする」と子どものように立ち止まる。特に山鳩を愛してやまない。

私が高校生のころ、父が山鳩のヒナを拾ってきたことがあった。国会議事堂のそばで巣から落ちていたのだそうだ。ヒナはまだ産毛が抜けきっておらず、その姿はオーストラリアのキウイという鳥によく似ていた。

当時は犬を飼っていたので、うちでは飼えないでしょうと母が父をなだめた。しかし父は頑として譲らず、十畳はある和室の客間を山鳩の部屋にすると宣言した。山鳩は父の客なのだ。

結局、母が折れた。頭上を飛び回る山鳩に怯えながら和室の床に新聞を敷き詰め、毎朝フンの始末をすることになる母を、私も数回手伝った。和室の引き戸を開けるたびに、犬がけたたましく吠える。山鳩はそれを意にも介さず、部屋の真ん中にぶら下がる電灯の傘に止まってすましていた。

産毛がすべて抜け綺麗なキジ模様の羽が整ったころ、父は窓を開け放ちいつでも山鳩が外に出ていけるようにした。いつの間にか山鳩は消え、母は安堵のため息を漏らした。山鳩はしばらくするとつがいで餌をもらいにくるようになった。父はそれがとても嬉しかったらしく、それから十数年ほど、ベランダに山鳩が現れるたびにピーコちゃんピーコちゃんと甘えた声を出しながらいそいそ餌を撒いていた。山鳩の寿命はそんなに長くないから、二代目か三代目のピーコちゃんだと父をからかっていたが、いま調べたら二十年近く生きるのもいるらしい。

山鳩を溺愛する父は、同時に土鳩を憎んでいた。土鳩は一回り体が大きく、それ故か態度も図々しい。山鳩が餌をついばんでいるとどこからともなく飛んできて、愛くるしいピーコちゃんを蹴散らすのだ。

父はそれが心底許せなかったらしく、ある日アメリカ製の巨大な水鉄砲を買ってきた。

それで土鳩を撃つのだと言う。立派な動物虐待ではないか。

水鉄砲にはいつも水が満タンで、土鳩が現れたらすぐに発射できるようにしてあった。土鳩はほぼ毎日現れ、父はそのたびにランボーよろしく水鉄砲を撃ちまくるのだが、私の知る限りそれが土鳩に当たったことは一度もない。父が現れた瞬間にサッと飛び立ち、土鳩はベランダから数メートル離れた電線に涼しい顔で止まる。憤怒した父はそれをめがけてなおも水を放つのだが、どうしても届かない。


小石川でのことを思い出すと、いくらか感傷的になってしまう。父の新居一年分の家賃は払ったけれど、来年はどうする？　不安が頭をよぎる。父には長生きして欲しい。しかし、生きるには金がかかる。

「俺は最近、ドナルド・トランプに励まされているんだ」

こちらの不安を知ってか知らずか、米大統領選挙のニュースを映すテレビを見ながら父が言う。その顔に憂いはまるでなかった。

「あいつは四度も破産してるだろう？　それでも毎度毎度立ち上がってきたんだ。すごいよなぁ」

トランプの政治手腕や、問題発言にはまるで興味がないようだ。失った特権と息苦しい現状に不満を持つアメリカの特定層は、トランプのこういうところを支持しているのかもしれない。

「トランプには愛嬌があるんだ。商売でもなんでも、あきらめないで前向きにやることは大事だよ。でもな、それだけじゃダメなんだ。愛嬌がないと。愛嬌のある奴は、夢を見せる。人に夢を持たせるんだ。そういう奴は、何度でも立ち上がれる」

父の言葉に、私は深く頷いた。本当にそのとおりだ。鏡を見せてあげたい。

こんなに愛嬌のある爺はそういない。センチメンタルになっているのは私だけだと気付き、どうにかなると腹をくくった。

結核男とダビデの星

父が携帯にメールを寄越してきた。「お父さんのエピソードを教えてあげよう」で始まるそのメールは、件名にすべての文言が入っており、本文は空欄のまま。定番のスタイルだ。三通ほど来たが、本来なら一通で十分な量だった。件名の文字数制限に引っかかってのことだろう。

「お父さんのエピソード」と謳った割に、内容はほとんど母の話だった。ドライブ中に父が喧嘩を売られると、真っ先に喧嘩を買うのは母だったこと。それは喧嘩っ早い父が相手に手を出して、社会的信用を失うなんてことにならぬための母の知恵だったこと。

子どものころ、私もその場面に出くわしたことがある。私はいつものように部屋の窓からぼんやり外を眺めていた。真下に車のガレージ駐車場があるのだが、その前に車を止めていく輩が半年に一度ぐらい現れる。そのせいで父が車を出せなくなってしまうのだ。その日もそうだった。

大きな声が聞こえてきたので、父がカンカンに怒っているのは明らかだった。もう110番はしたかな。父は腹が立つとすぐ電話をする男なのだ。長嶋茂雄の解説が支離滅裂でなにを言っているかわからないと、野球中継を見ながら日本テレビにクレームの電話をしたこともあった。

玄関の扉がバタンと乱暴に閉まる音がした。窓から身を乗り出して下を覗く。父が外に出てきたのが見えた。私の部屋からは父の頭しか見えなかったが、違法駐車した車の周りを狼のように嗅ぎまわる父の頭から、もうもうと湯気が立ち上っているのが見えるようだった。

しばらくして、車の持ち主がヒョイと現れた。ああ、これはお父さん怒鳴るな、やだな、と消沈したところに母が飛び出してきて、車の持ち主に向かって一気にまくし立てた。車が止まっていたせいで危篤の親戚がいる病院に行きそびれたとかなんとか、とんでもない嘘八百を芝居がかった口調でべらべら喋っている。今日は一日中、なんの予定もなく家族でのんびりしていたというのに。

生まれて初めて、母が堂々と嘘を吐くのを見た。あまりに素っ頓狂な嘘なので、面白さよりも怖さが先に立つ。母の頭はどうかしてしまったのか。

まくし立てる母を見た父は、怒りを忘れ母をなだめる側に回った。母はますます芝居がかった口調で活き活きと嘘を重ねる。「だってあなた！　私たちすごく困ったじゃない！」なんて父に訴えてさえいる。普段、母は父のことを「あなた」なんて呼び方はしない。完全に芝居だ。

母が興に乗っているのを見て、なるほどこれは作戦だったのかと唸った。母をなだめる父と、策が功を奏し安堵したのか、振り上げた拳を頭上でブンブン振り回すように嘘を吐き続ける母。いつだって、母の方が一枚上手だった。特等席で良いものを見たと、私はとても満足した。

あんなに怒りっぽかった父は、いまや別人のように穏やかだ。二〇一六年の三月二十六日で七十八歳になった。たいしたもんだ。若いころに大病を患ったので、本人は三十五歳で死ぬと思っていたらしい。

今年はちゃんと祝ってやろうと、誕生日の昼食に父を誘った。店は子どものころよく家族で通った赤坂の樓外樓飯店。私はここ二十年訪れていない。

相も変わらず私が遅刻した。店が移転しており、道に迷ってしまったのだ。父は先に三拼盤《サンピンパン》を食べていた。

「フカヒレそばを二人分頼んであるからね」

遅刻を責めることもなく父が言う。私には軽い小麦粉アレルギーがあると何度も伝えているが、それは忘れてしまったようだ。せっかくのフカヒレなので、私の分は姿煮にしてもらい、追加で炒飯を頼んだ。

父が若い時分に患ったのは結核だ。昭和三十一年だか三十二年だかに胸郭成形術をして、肋骨を四本と肺の一部を切除した。当時にしては大手術だったそうだ。

当時の父はまだ二十歳前。長距離走で青梅街道を走っているときに胸が苦しくなり、道に痰を吐いたら血が混じっていた。病院に行ったら結核と診断された。

父はユダヤ人が営む貿易会社でメールボーイのアルバイトをしていた。夕方になると持ちきれないほどの書留やら封書やら荷物やらが溜まるので、それを中央郵便局へ持っていくのが仕事だ。郵便局では長蛇の列に並び、ひとつひとつの郵便物に切手を貼る。最後に電報を打つ。どれも面倒な作業で、社員は誰もやりたがらなかったらしい。

「俺は真面目だったんだ。いや、真面目じゃないな。気に入られようとしたんだな」

その心がけが実を結んだのか、結核は治療にお金がかかるからと、ユダヤ人の社長が父を社員登用してくれた。おかげで一割負担の健康保険証が使えるようになり、父は治療に専念できたのだ。

最初に入院したのは千駄木の日本医科大学付属病院だった。六人部屋で、ほかの患者は大人ばかり。そこで相当な耳年増になったらしい。病院のヘルパーさんと付き合っていた患者と一緒に、ヘルパーさんの着替えを覗くなんてこともしていたそうだ。

正確に言えば、男の指示通り窓のそばで着替える女と、それを病室から覗く男の破廉恥なコミュニケーションのおこぼれに与《あずか》っていただけである。どちらにせよ、ひどい話だ。結核の悲惨さがまるで伝わってこない。

「俺は『ミス日医大』ってニックネームがついてた長野出身の女学生と付き合ってたんだよ。美人だったな。名前、忘れちゃったけど」

箸を止めて父が物思いに耽る。知らんがな。いいから病気の話をしろ。

その後、父は東村山の保生園へ転院した。手術のためだ。日医大で不謹慎なことばかりしていたから、治るものも治らなかったのではないか。手術は合計三回に及んだ。

この辺りから父の話がおかしくなってきた。ミス日医大が保生園を訪ねてきて大変だったと言うので訳を聞くと、保生園では別の女性と付き合い始めていたからで、女癖の悪さはこのころからかと私は妙に感心した。

保生園の彼女は昭和二十三年に起きた帝銀事件の被害者の娘さんだったそうで、周りの大人に反対されて関係は長く続かなかったらしい。何通も手紙をもらったのにと、父は申し訳ないような、後ろめたいような顔をした。

フカヒレそばをペロリと平らげ、私の炒飯に手を出しながら父の思い出話に花が咲く。山で青大将を捕まえてきては、その口を絆創膏でぐるぐる巻きにして女性患者の布団の中に投げ入れるとか、空の缶詰をいくつもぶら下げた紐を野良猫の首に結んで夜中に廊下へ放つとか、女の悲鳴しか聞こえてこないようないたずらばかりしていたようだ。

カランカランとけたたましい音を立てながら深夜の長廊下を走り回る猫を想像し、私は噴き出してしまった。そんなことばかりしていたので、何度も強制退院させられそうになったらしい。当然だ。昔話をしながら、父は子どものようにケラケラ笑っていた。

父の背中には、左の首の付根から脇腹までに至る大きな大きな傷がある。ブラック・ジャックの顔面のように、縫い目がハッキリわかる傷だ。

子どものころ「その傷はどうしたの？」と尋ねたら、真顔で「お侍さんに後ろから切られた」と言われた。私は小学校高学年までそれを信じていた。

不埒ないたずらを繰り返していたとしても、大きな傷が残るほどの大手術をしたことには変わりない。肺の一部が無いなら回復にも時間がかかったろうし、その後の生活には不便もあったろう。

「ねえ、肋骨を四本と肺の一部まで切除したなら、障害者手帳がもらえたんじゃないの?」

炒飯を小皿によそいながら尋ねる。

「あと一本。あと一本骨が足りなかったんだよ、障害者手帳まで」

父がわざと悔しそうに言った。

手帳がもらえていたら事業税免税だったと言うので、「もったいない!」と大きな声が出た。「そういうことを言うもんじゃない」と父が私を諌《いさ》める。なによ、自分だって。闘病の話を聞こうとしたのに、なにを聞いても父は「楽しかった」としか言わない。たぶんそれは本当なのだろう。


二年後、保生園を退院した父は大学に復学したが、チンプンカンプンで行くのをやめてしまったらしい。そのままお世話になったユダヤ人社長の会社に戻ったのかと思いきや、高樹町のユダヤ教会のそばにあったプールでライフガードのアルバイトをしていたそうだ。体力が戻るまでのバイトだったと言うが、ライフガードは本来体力のある人がやる仕事だ。父が働いていたときに、大きな事故がなくて良かったと娘の私は胸を撫で下ろす。

無事に体力が戻った父は紆余曲折の末、お世話になったユダヤ人社長の会社で再び働き始めた。酒やストッキングを輸入する会社で、ドルの闇屋がどうの、横流しの洋酒に関税支払い済みのシールを貼る手伝いがどうのと物騒な話が出てきたが、詳しく聞くのはやめておいた。

「親父はほかの奴に大事な仕事を頼まないんだ。アメリカに行くときも、俺に金庫の鍵を預けていったぐらいだよ」

誇らしげに父が言う。父はこの社長のことを「親父」と呼ぶ。私の祖父に当たる人のことも親父と呼ぶので、話はとても紛らわしい。

「世話になったんだよ、あの親父には」

めずらしく、父がしんみりとした顔になった。

そこへデザートの杏仁豆腐が運ばれてきた。父の好物だ。途端に相好を崩し、スプーンを口に運ぶ。私の下戸は父譲りで、甘いもの好きも父譲りだ。

「親父（この場合は父の父、つまり私の祖父）に言われたんだよ。仕事を始めたら、他の人に聞こえるぐらい大きな声で、〝Yes, Sir!〟って返事しろって。そうすると周りはびっくりするだろう？　でもそれでいいんだ。気に入られて、与えられた仕事をちゃんとやれば、信用されるから」

私は父の言葉にハッとした。

給料分の働きをしなければ、雇い主は雇用を継続しない。重用されなければ、給料が上がることもない。道義的にどうであれ、「主客の〝主〟は雇用主が現実」だ。いまそんなことを言えばブラック企業に加担するのかと責められるが、搾取される環境でない限り、この法則は現代でも通用する。どれも私が幾度かの転職で痛感したことだった。私は無自覚に、父から魚の釣り方を教わっていたのかもしれない。

ユダヤ人社長に父がどれほど可愛がられたかを示す、格好のエピソードがある。

父も母も仏教徒だが、披露宴は高樹町のユダヤ教会で催された。それをユダヤ教徒に話すと「嘘を吐くな！」と怒られるらしいが、本当なのだ。私の手元には、モーニングとウェディングドレスに身を包んだ若い男女が、ダビデの星の前で微笑む写真があるのだから。

サバランとミルフィーユ

土曜の夜、父と私は墓参りの日取りで揉めていた。父は明日の日曜日に行こうと言う。私には予定があって、行けそうもなかった。険悪なムードとまでは言わないが、父の言外には責めが滲んでいた。

「だってしょうがないじゃない、忙しいの。それでさ」

私はぶっきらぼうに話を変えた。

この十年、私はいつだって忙しかった。正直に言えば、母の墓参りの優先順位が年を経るごとに少しずつ下がっている。

父と同居していたあいだは週に一度。家を出てからは徐々に回数が減って、いまでは一か月に一度。下手したら二か月空くこともある。それをいつも気に病んでいるのに、現実には To Do リストの先頭に墓参りを持ってこられない。「行動で示せないなら、思っていないも同然」と父を責めたことのある娘としては、気が滅入ることこの上ない。日曜日、あったはずの予定がポンと飛んだ。すぐに父を墓参りに誘ったが、すでに予定を入れてしまったと言う。ならば仕方ない、またの機会に、と電話を切った。窓の外は快晴。これ以上ない墓参り日和だった。

電話を切ってから、今日は母の日だったと気付く。最初から予定など入れなければ良かった。他に優先させるべきことなど、そうそうない日だ。自分に、心底がっかりした。ならばひとりで行けば良いのだが、墓参りは父と二人一緒に、が暗黙の了解だ。バラに行ったことも過去にはあったけれど、そんなときはたいてい喧嘩中か、私が忙し過ぎて父が痺れを切らしたときだった。私は墓の前で欠席裁判に勤しんだし、父もそうだったろう。

「お墓参り、行こうよ」

窓の外の晴天をリビングから眺めていたら、背後から声がした。めずらしい。めずらしいどころではない。初めてではなかろうか。この機を逃したら、次はいつになるかわからない。いや、そんなことより、その申し出が嬉しくありがたかった。

「行こう、行こう」

私は急いで身支度をした。

バスに乗り護国寺へ向かう。今日は大きなお葬式があるらしく、車の誘導係の人が喪服に腕章を付け門の前に立っていた。

「結構著名なクリエーターさんだね」

故人の名が大きく書かれた看板を見て同行者が言った。不謹慎かもしれないが、お天気に恵まれて良かったなと知りもしない人の葬式を思う。母の葬式もこんな青空の秋晴れだったし、天気に救われた部分は少なからずある。

いつもの石材店でいつもの仏花を買う。店番の女性とにこやかに話す。話しながら、彼女の目玉がチラッチラッと横に動く。明らかに同行者を気にしていた。私はそれに気付かないふりで店を出た。

母の日だからか、仏花には赤いカーネーションが一輪入っていた。母はカーネーションが苦手だった。好きな花は真っ白なカラーで、葬式では式場いっぱいにカラーを飾った。白くて気高いカラーは、死してなお、母に良く似合った。

あんなにたくさんのカラーを、どうやって用意したのだろう。母の妹が華道の先生なので、彼女が手配してくれたに違いない。

母の妹、つまり私の叔母は独身で、いまはケアハウスで暮らしている。ああ、彼女のところにも顔を出さなければ。芋づる式に次から次へと不義理が浮かんでくる。昔、疑惑の総合商社と呼ばれた政治家がいたけれど、さしずめ私は不義理の総合商社だ。

我が家の墓の数区画先はずっと空き地のままだ。参拝者が枯れた仏花を捨てたのか、数年前からその区画にだけ赤、ピンク、黄、橙と色とりどりのひなげしが咲き乱れるようになった。今年はそれが見られず、すでに花は落ちていた。花弁を落としたひなげしが、ヒョロリと伸びた細い茎の先にピーナッツ大の実をつけ風に揺られている。右へ左へといっせいにたなびく姿は、小さな種を飛ばす日を心待ちにしているようだった。

墓参りを終え、石材店へ戻る。おかみさんから「今日はひとり？」と声を掛けられた。さすがに聞こえないふりはできないので、「いえ、今日はツレと」と言いながら外で待つ男の方を見た。ツレという呼び名しか、咄嗟に浮かばなかった。

私がまだ二十代だったら、朗らかに「今日はボーイフレンドと来ました！」と同行者の行いを誇っただろう。後ろめたいことなどなにもないが、籍を共にしていない中年の男女が互いの関係を指す呼称は、どれもしっくりこない。

便宜上、パートナーと言うこともあるが、なんだか壮大なイデオロギーが透けて見えるようで尻の据わりが悪い。四十を過ぎて彼氏でもなかろう。これでなにか事件でも起こったら、世間からは勝手に「内縁の」と言われるのかと思うと身が竦む。

明けて月曜日、父を呼び出した。勝手に墓参りへ行ったので、報告がてらケーキでもご馳走しよう。

下戸の癖に、父は洋酒をたっぷり含んだサバランというケーキを好む。昭和のころはよく見たが、最近ではすっかりかりだ。仕事場近くの喫茶店にサバランを見つけ、いつか父に食べさせてあげなくちゃと楽しみにしていた。

「昨日は母の日だったから、結局おじさんと墓参りにいったんだよ」

喫茶店へ向かう道すがら父に伝えた。パートナー（ほら、やはりこう記すしかないではないか）のことを、父には「おじさん」と呼んで聞かせている。おじさんとおばさんのカップルだからちょうど良いと、父にも好評だ。

父は決して私を急かさない。

「二十歳までちゃんと育てたつもりだから、そこから先はおまえの判断を信じるしかない。ひどく失敗したら、俺たちの教育が悪かったと思うだけだ」

父からそう言われたことがある。私を教育したのは主に母だけれど、その言葉に私はいつも救われてきた。

成人するまで、確かに母はとても厳しかった。友達家族と行ったスキーでは、夜遅くまで寝ない子どもたちを分け隔てなく叱った。分け隔てなく叱ったあと、私だけ喉輪攻めをされた。母はどこのお母さんより怖かった。それでも、私が成人したあとの母の口癖は「あなたがいいなら、それでいい」だった。意外と一貫性のある夫婦だったのだなと、今更ながら感心する。

サバランを食べながら、父がミルクをドバドバ入れた紅茶を飲む。満足そうな顔。これで贖罪は完了だ。

母はいちごがたっぷり乗ったミルフィーユと珈琲が好きだった。「ミルフィーユは外で作りたてを食べるのが美味しいけれど、上手く食べられないから外で食べるのは難しいのよ」とよく言っていたっけ。

「ねえ、お母さんとどうやって知り合ったの?」

昔から、父に母との馴れ初めを尋ねると、答えはいつも「いい女だから家について行ってそのまま住み着いた」だった。そんな話があるものか。今日はもうちょっと聞かせてもらおうじゃないか。

父と出会ったころ、母は目白で友人夫婦と一緒に住んでいたらしい。母は父の六つ歳上で、映画雑誌の編集者だった。自慢じゃないが、私とは似ても似つかぬ美人だ。華やかな世界に身を置いていたのだから、言い寄ってくる男が大勢いたはず。よりによって、なぜこの男だったのか。

「そりゃあ、俺に惚れていたからさ」

父が胸を張る。それはそうなのかもしれないが、なぜ父に惚れたのかを知りたいのだ。いや、それを父に問うのは愚かだろう。いまや真相は闇に、母は墓に葬られてしまった。


父の話はいつだって四方八方へ飛ぶ。辛抱強く聞いていると、母の高校の同級生と父が知り合いだったのが縁とわかった。そんなこと、初めて知った。

交際に至るまでの細かいことはあまり覚えていないらしい。もしくは、娘に話すにはなにか不都合なことでもあるのか。

父が母の家に押し掛けた翌朝、仕事に出掛ける母は「私が帰ってくるまでいるの?」と父に尋ねた。父が「いる」と答える。母は返事もせず、そのまま出掛けた。父は母の帰りを部屋でずっと待っていた。

同居していた友人夫婦には随分煙たがられたらしい。

「三人で住んでたところに、よくわからない奴がひとり増えるんだ。そりゃ俺があいつらだって嫌だよ」

父がお得意の他人事風を吹かせる。

母の母、つまり私の祖母は九人も子を産んだが、母が十九歳のときに若くして脳溢血で亡くなった。残された九人は結束が固く、真面目な長兄と長姉が親代わりになった。結婚には随分反対されたと昔から聞かされていたが、ならば転がり込んだところからどうやってダビデの星まで辿り着いたのか。だいたい、なぜ父の存在が母の家族にバレたのだろう？

「ママがカジュアルに呼ぶからさぁ」

父が母のことをママと呼ぶのを久しぶりに聞いた。死んでしまった「お母さん」ではなく、すぐそばに居る伴侶の話をしている顔だった。

母のオープンな性格を考えるに、風来坊のような父が他人からどう見えるかなど考えず、兄弟姉妹を家に招いたに決まっている。畏《かしこ》まって紹介するでもなく父を同席させる姿が目に浮かんだ。

逃げも隠れもしないのも父らしい。それを言ったら「だって逃げ場がなかったんだもん」と父は不貞腐れていたけれど。

付き合い出してそれなりの時間が経過してからのこと、父は母の長兄と長姉に呼び出された。交際を真っ向から反対された。ちゃんとした仕事を持つ母と違い、のちに父となるこの男は病み上がりのフラフラした六つ年下の大学中退野郎だ。時代を考えれば、真面目な兄姉が反対するのはわからなくもない。

ほどなくして、父と母は別れた。

「ママはなんにも言わないんだ。別れましょうとも、時間を置きましょうとも。あんなにハッキリした女なのに、なんにも言わないんだ」

父が昨日のことのように言う。

別れてからも、父は母のことをずっと考えていたらしい（本人弁）。いまのように簡単に電話ができる時代でもない。母の声が聞きたいなと思いながら、日々が過ぎていった。

ある日、父はひとり池袋をそぞろ歩いていた。

「西武の前は地下鉄工事で板張りだったんだよ。ヌルヌルしててさ。あれは午前中だな、バイトは夕方からだったから。そしたらバッタリ、ママに会ったんだよ！　偶然！　俺は言ったね。『ああ、会いたかった！　好きなんだよ！』って！」

父が情感たっぷりに当時の父を演じる。

思いをぶつけられた母はなにも言わず、ハンドバッグからヒョイと家の鍵を出し、父に寄越した。母はそのまま仕事へ向かった。父は大喜びで母の家に向かい、転がり込んだ日と同じように母の帰りを待った。

「格好いいだろう？　ママは」

誇らしげに父が言う。

「知ってるよ」

私が答える。私たちはくすくす笑いながら母を偲んだ。

ファミリー・ツリー

今年の五月は暑い。夏日続きだ。五月は私の誕生月だけれど、こんなに日差しの強い日が続いた記憶はあまりない。今日も朝からピーカンで、正午には三十度近くまで気温が上昇していた。

父と私は川口市の小さな駅にいた。日曜日だからか、人もまばらで駅前はとても静かだ。雲ひとつない空の下、日除けになる場所が見当たらなかった私たちは、額に汗を垂らしそこに立っていた。

電話で呼んだタクシーは、あと五分もすれば来る。サックスブルーのポロシャツに同系色のシアサッカージャケットを羽織っていた父が、「暑い……」とつぶやき上着を脱ぐ。ジャケットは背中の真ん中で丁寧に縦に折られ、父の腕にかけられた。これから私たちは、ケアハウスに住む母の妹を訪ねる。

ケアハウスに着くと、車椅子の叔母は食堂でほかの入居者たちと「のど自慢」を見ていた。誰ひとりおしゃべりもせず、テレビに見入っている。熱心に歌った出場者に、鐘がひとつ。「あ～あ」と誰からともなく小さな声が漏れた。

「バーバ」

私は叔母に声を掛けた。

「あらまぁ、びっくりした。来てくれたの！」

突然の来訪者に叔母が相好を崩す。父も私も不精なので、今日ここに来ることを事前には伝えていなかった。

私が物心付いたころにはすでに、母の姉妹はそれぞれの名前の下にバーバを付けてお互いを呼び合っていた。いま考えれば、四十代からお互いをそう呼んでいたことになる。なんと早老な話だ。私がいま誰かに「バーバ」なんて呼ばれたら、思わず手がでてしまうかもしれない。

八十歳を過ぎたこの叔母は、兄弟姉妹のなかで唯一の未婚者だ。プロ中のプロである。華道の師範として自宅で教室を開き、中学や高校でも教えていた。

小石川の我が家からひと駅のところに住んでいたこともあり、月に一度は遊びに来て花を活けてくれたものだった。子どものころから私はとても世話になった。

　真っ赤なネイルと真っ赤な口紅がトレードマーク。手に職を持ち、趣味は旅行とスポーツ。週一度は水泳を嗜み、夏にはアフリカやインドやヨーロッパを旅する。冬には学生時代からの友人とスキーをして過ごし、身振り手振りを交え情感たっぷりに旅行の土産話をする姿は外国人のようだった。片足が不自由だったけれど、そんなハンディキャップをものともせず活動的で、ちょっと個性的で、激情型というよりドラマティックな劇場型。親戚一ユニークな叔母だ。

　母の生前、叔母と父の折り合いはあまり良くなかった。お互い自己主張が強いからなのか、同席時間が三十分を過ぎると、どちらかが必ず不服そうな顔になる。

　私が中学生のころだったろうか、ガラスのコップがカツンカツンと当たるような会話をしたあと、叔母に背を向けた父が「出口はあちらですよ」と部屋のドアを指差したときには、父のあまりの子どもっぽさに心底呆れたのを覚えている。子ども時代の私には、叔母と父はいつも母の取り合いをしているように見えていた。

　そんな父が、近ごろは折に触れ叔母のところへ行こうと私を誘う。母が病に臥せっているあいだ、熱心な看病で世話になったからと言う。それはその通りだが、母が亡くなってもう十八年だ。ほとんど連絡も取っていなかったのに。なぜ、いまなのだ。

父と私は、静かな廊下を車椅子を押して叔母の部屋へ向かった。お花の生徒さんが足繁く通ってくれるおかげで、室内には立派な活け花がいくつも置いてあった。私がここに来るのは二度目だが、明るく清潔な部屋は今日も綺麗に片付いていた。

バリバリ働き、バリバリ遊び、マンションの部屋を買ってなお自分が入居するケアハウスまで自力で用意する。お教室をやめても、慕ってくれる生徒さんがいる。

四十年後、果たして私は同じようにいられるだろうか？　生涯独身と決まったわけではないけれど、その日暮らしの延長でここまで来てしまった自分に、私は心持ち不安を覚えた。

父は手土産にデパートで買った大ぶりなマンゴーを持参した。叔母に見せ、冷蔵庫にしまう。冷蔵庫にはあんみつやフルーツがたくさん入っていた。叔母は食べることが大好きなのだ。

「ようやく来てくれたわね！」

父を見ながら叔母が言った。笑顔だが、軽く責めるような口調だ。

父がこのケアハウスを訪ねるのは今日が初めてではない。以前、たったひとりでここに来ている。「今日、バーバのところに行ったよ」と父から聞いたときには仰《の》け反った。他者を介さずにこの二人が一緒にいるところなど、想像できなかった。

我が儘で自分勝手な父が、行ったことのない場所へ、ひとり電車に揺られて行くなんて。しかも、叔母を訪ねるために。喧嘩にならなかったと聞いて、私はもっと驚いた。

「ちょっとぉ～ 忘れちゃったのぉ？ お父さん、前にも来ているよ！」

以前の来訪を忘れられ、父が気分を害し険悪な空気になるのではと肝を冷やした私は大袈裟に空気を掻き混ぜた。

「そうだったかしらぁ？」

叔母が怪訝な顔をした。

まずいな、と様子を窺うと、父は予想外にニコニコしていた。

二十年前なら即座に嫌味の倍返しをお見舞いし、叔母はそれにもっと鋭い返しをしただろう。カツンカツンとグラスのぶつかる音がそこらじゅうに響いたはずだ。

いまはどこからもそんな音は聞こえてこない。部屋には穏やかな時間がゆっくりと流れていた。このメンツでこんなことは初めてだった。

最近はどうしているのと叔母から尋ねられたので、父について書いていると答えた。

「ねえ、お母さんと出会ったころのお父さんはどんなだった？」

私の知らない父についてなにか聞けるかと、私は身を乗り出す。

「そうねぇ、嫌なヤツだと思ったわ」

叔母はそう言って舌を出し、おどけながらなおも続ける。

「姉さんにはもっと良い人がいたと思うの。結婚は、はずみよ」

どこまでも好戦的な叔母に、父がウヒヒと変な声を出した。

小一時間ほど食い下がって昔の父と母について尋ねたが、忘れちゃったとはぐらかされることが多かった。たまに答えてくれても、時系列がおかしい。いちいち正すのも角が立つので、私はそのまま聞き流した。

この話にあまり興味がないのか、叔母はことあるごとに机の上に置いた紙袋を指差しては「なにか美味しいものを持ってきてくれたの?」と私に聞く。「だから、さっきマンゴーを見せたじゃない。それが入っていた袋よ」と私が答える。

その度、叔母は口笛を吹いたり舌を出したりするので、担がれているのかボケているのか判断が付かない。困っていると「私、ボケちゃったのよ」と唐突に言ったりする。ドキッとした私の顔を見て、叔母が芝居がかった様子で肩をすくめた。多分、私は担がれている。

叔母のトリッキーな対応にいちいちエンストする私と対照的に、父は波乗りのように叔母との会話を楽しんでいた。二人はまるで仲良しだった。向き合って深く刺し違えることなく、羽衣を手にふわふわと踊るような会話だった。

年を取るのも悪くない。母がこの場面を見たら泣いて喜ぶと胸が熱くなったが、母が生きていたらこうはいかないのかもしれない。

「ねぇ、今度は私がまだ食べたことのないようなお菓子を持ってきて」

帰り際、叔母が私に言った。齢八十を過ぎ、いまだ好奇心衰えず。生命力と好奇心は同義なのかもしれない。


ケアハウスを後にし、次は母方の従姉妹（こちらは母の姉の娘）の家へ向かった。叔母の様子を報告がてら、自身の結婚式のためにアメリカから一時帰国中の従姉妹の娘と、参列のためにオーストラリアから一時帰国中の花嫁の姉夫婦とその子どもたちに会うためだ。この機会を逃したら、父が「母の姉とその娘と孫とひ孫とその配偶者たち」と同時に会うことは一生ないかもしれない。母の一族はとにかく構成員数が多い。

東麻布の家に着くと、リビングは人で溢れていた。母の姉、その娘（つまり私の従姉妹）二人、従姉妹の姉の娘二人、従姉妹の姉の娘二人の姉の方の娘二人。八十三歳の伯母の膝で生後二週間のひ孫が眠っている。

女、女、女だらけの輪の外れに、ちょこんと従姉妹の夫とその娘の夫が座っていた。新郎になる男は、お台場へ観光に行ったという。正しい選択だ。

先ほどの叔母とは打って変わって、母のすぐ上の姉一家と父はとても仲が良かった。山梨に嫁いだ母の姉の家には、子どものころ毎夏家族でお世話になった。東京生まれ東京育ちの父母と私にとって、山梨は帰省先のようなものだった。

さっきまでケアハウスで大人しく叔母の話を傾聴していた父が、今度は水を得た魚のように片っ端から伯母や従姉妹を担ぐ。適当な嘘を吐き、軽口を叩く。攻守交代だ。女達の笑い声がオレンジ色の西日が差し込む部屋に響いていた。従姉妹はもう六十を過ぎているが、父と出会ったころは女子大生だった。父の軽口の叩き方は、そのころからなんら変わっていないようだ。

叔母の様子を報告しながら「ボケているのか担がれているのかわからなかった」と私がぼやくと、それまでさんざっぱらふざけていた父が「ボケてはいないよ」と真顔で私を制した。

お茶を飲んだりお菓子を食べたりおしゃべりをしながら、賑やかな時間が過ぎていく。四歳の女児と生後二週間の赤子が燦々と発する無自覚な生命力で、部屋は明るく満たされていった。

私は赤子を膝に抱いた。つい先日この世にデビューしたばかりなのに、泣きもぐずりもせず、すやすやと寝ている。

「こんなに壊れやすそうで世話をしないと死んじゃう生き物、無理だわ」

私はすぐに赤子を伯母の膝に返した。

「熱帯魚だって、世話しなかったら死んじゃうわよ！」

オーストラリアのゴールドコーストに住む、真っ黒に日焼けした、私よりずっと年下の赤子の母親が言う。そりゃそうだ。だけど、生まれたばかりの赤子は首もグラグラ、腕もひっぱったらすぐに取れてしまいそうで、熱帯魚よりずっと怖かった。

夜には別の予定があるという父を従姉妹の旦那さんに車で駅まで送ってもらい、父との長い一日が終わった。

翌朝、父からメールが来た。従姉妹の娘たちに結婚と出産のお祝いをしたいので、アイディアが欲しいという内容だった。メールは「楽しそうな大家族を見ると羨ましいよ」と締められていた。

「大家族なんてうちの柄じゃないわよ、諦めて」と即座に返信する。ケアハウスで「のど自慢」を見ていた叔母の背中が頭をよぎった。

結婚と出産のお祝いは、なにが良いだろうか。

不都合な遺伝子

「おまえにはインテリジェンスがない」と言われ、すぐに電話を切った。腹が立った。耳から携帯を離す間際にまだなにか言っている声が聞こえたが知るもんか。大学中退がなにを言う。まぁ、私だってたいした大学は卒業できなかったけれど、インテリジェンスの欠如は遺伝だよ。

父の頼み事を数か月ほったらかしているのは私が悪い。しかしそれには面倒な手続きがいくつもあって、役所に何度も足を運ばなければならない。朝八時半から役所へ日参することも可能と言えば可能だが、ただでさえヘトヘトな平日に負荷を増やしたくない。とにかく、私だってギリギリなのだ。

インテリジェンスの欠如を指摘されたのは、私が依頼内容の背景を詮索したからだ。説明が面倒なとき、私が思い通りに動かないとき、うっすら後ろめたいとき、父はたいている私の人格を攻撃する。「そんなこともわからないのか、このバカが」というわけだ。ムッとしたので「そんなことを言うなら、来年の家賃は払わないよ！」と経済DVをカマしてやった。

誤解なきよう説明すると、父所有の物件に住む私が家賃を滞納するのではない。父の父による父のための家賃を、未婚のひとり娘である私が支払っているのだ。これを健気と言わずしてなんと言おう。

父はすぐに折り返してきた。「ケッ」と電話に出ると、こともなげに話し忘れたことーそれは母の友人に関してのことだった――をつらつらとしゃべって会話を終えた。

十年前の父だったら、かけ直してきたそばから私を怒鳴りつけた可能性が高い。「おまえ！　まだ俺が話しているのをわかって切ったろう！」と。そうなると手が付けられないので、黙って聞いて謝るしかない。

古希を過ぎてから、父は瞬間湯沸かし器のような怒り方をしなくなった。意思の疎通は楽になったが、引力に逆らう力が年々減っているようでさみしくもある。

私が仕事場として使っている部屋の二階に、ひとりの老人が住んでいる。彼はおしゃべりが大好きで、天気の良い日は必ず外にでて管理人や住人との井戸端会議に精を出す。

年のころは父と同じぐらい、白髪にキャップを被り、ジーンズに長袖のシャツが定番スタイル。大きな声の関西弁が、窓の外から聞こえてくるのが日常だった。

彼のところには、一回り以上年下と思しき、普段着ながらもやけに色気のある女性が通ってくる。婚姻関係にはなさそうだし、親戚でもなさそうだ。

来訪を待ち侘び階下に出た彼を、両手に買い物袋を提げた彼女が優しくあしらうのを何度か見掛けたことがある。そんなとき、二人のあいだには付き合いの長さを物語る甘やかな蒸気がポッと醸され、一瞬だけ周囲を照らすのだ。

近ごろ、あの関西弁が聞こえてこない。引っ越したのかとも思ったが、二階から生活音は聞こえてくる。おじいちゃん、どうした？

それからしばらくして、パジャマ姿で階段を登る彼に出くわした。鼻には酸素チューブが通され、足元はおぼつかず、件の女性が背中を支えていた。その背中は痩せ細り、大きめのパジャマにはっきりと背骨が浮き出ていた。見てはいけないものを見た気がして、私は挨拶もせず足早にその場を立ち去った。

仕事場のドアを後ろ手に閉め、ハアとため息を吐く。老人は一瞬で病人になるのをすっかり忘れていた。ちょっと前まで彼はまるごと元気だったのだから、油断も隙もない。

ポストに入っていた郵便物を仕分けながら、父の顔を思い浮かべる。届いたもののなかには、父からの封書もあった。宛名に書かれた文字は、あきらかに父の筆跡ではない。

「お世話になっております」

そう心で唱え、封筒に向かって小さく頭を下げた。長い付き合いをにおわせる蒸気が封筒から醸されそうになったので、私は急いで別の郵便物を手にした。


数日後、父からまた電話があった。娘の結婚と出産が重なった、母方の親戚（私の従姉にあたる）へのお祝いについてだった。せっかくだからちょっと素敵なレストランでも予約して、会食のあとにお祝いを渡そうと決まった。宴席には娘たちの大イベントを終えたばかりの従姉と、その妹を誘った。

食事代は持つと言う私に「俺はご祝儀袋ふたつと、一万円札を二枚用意する」と父が返す。それではひとつの袋に一万円しか入らない。学生じゃあるまいし、なにを考えているんだ。

これはつまり、差額分を私に補てんしろという示唆。相変わらずフテえ野郎だが、無い袖は振れないのだから仕方なかろう。

会食当日、父との待ち合わせ十分前に、新札を用意し忘れたことに気付いた。インテリジェンスの欠如も甚だしい。慌てて駅前の銀行に飛び込んだが、窓口の営業はもう終わっていた。

スマートフォンで「新札　時間外」と検索すると、ATMで何度もお金を出し入れして、綺麗なお札を探す方法が出てきた。私は大急ぎで自分の口座から三十万円を引き出し、その中から比較的綺麗なお札を一、二枚見つけては残りを再度預けてまた下ろす、なんともみっともない作業に明け暮れることになった。

「どこにいるの？」

待ち合わせ五分前に父から電話が入った。

「銀行！　来て！」

携帯を耳に挟みながら私は作業に勤しむ。父が持ってくる一万円札が新札だとすると、えーっと、あと何枚用意すればいいんだっけ。

額にじんわりと汗がにじむ。会食スタートの時間まであと三分しかない。

ほどなく父が銀行に現れた。

「お父さんの一万円！　はやく！」

手を伸ばすと、父は真ん中にくっきりと折り目の付いた諭吉二枚を私に手渡した。インテリジェンスの欠如は、やはり遺伝なのである。

なんで新札を用意してこなかったのよと父をなじりながら、何度も何度もお金を出し入れする。なかなか当たりの新札が出てこない。隣のＡＴＭも同様だ。顔面に噴き出した汗がタッチパネルに滴り、うまく操作ができなかった。

父はと言えば、ＡＴＭの隣にある無人の個室を出たり入ったりしている。ここに電話してみようなどと呑気なことを言っているが、ダメ、お父さん。それは電話でローン審査を申し込める部屋なの。あなたはもう、誰からもお金を借りてはいけません！

もっと綺麗なお札、もっと綺麗なお札。ＡＴＭと二十分は格闘した。一日の取引上限回数に達してしまったのか、ついに私の口座はうんともすんとも言わなくなった。防犯カメラの録画を見たら、さぞかし不審な男女が映っていたことだろう。まるでオレオレ詐欺の出し子二人組だ。

ちなみに、父は私の友人から「オレオレガチ」と呼ばれている。「オレオレ」と電話してくるのは偽の息子ではなくガチ（本物）の親で、しかも本当にお金を必要としており、娘である私がまったくうろたえずに振り込むからだ。なにもかもめちゃくちゃだけれど、父と私の関係をよく言い表している。

レストランに入ると、従姉妹たちはすでに着席していた。待たせたことを詫びながら父とともに席につく。

ロンダリングを経た新札もどきのご祝儀は最後に渡すとして、まずは乾杯。従姉妹たちはワイン、父と私は発泡水とジュース。インテリジェンスの欠如とともに、私は父からアルコール分解酵素の欠如も受け継いだ。あるものばかりが遺伝するわけではない。ないものだって、ちゃんと相続されるのが親子である。

従姉妹たちには加賀レンコンをスカモルツァチーズで挟んで焼いたものが好評だった。彼女たちは人を良い気分にさせる天才で、美味しい美味しいとなんでも食べてくれる。嬉しくなった私はイワシとジャガイモのオーブン焼きや、ちょっと値の張るホワイトアスパラガスのオランデーズソース掛けなど、次から次へと注文した。

一方、父は文句さえ言わないものの、オーダーした皿がすぐに出てこないのが気に入らないようだった。表情ですぐわかる。父はしょっぱいものがとても苦手なので、スカモルツァチーズもそこまでお気に召してはいない。このあと舌がとろけるほどまろやかな岩のりと牡蠣のリゾットが来るが、口に合うかしら。私は父を喜ばせたいのだけれど、それはいつだってとても難しい。

「私が生まれる前のお父さんの話をしてよ」

ホワイトアスパラガスを頬張りながら、私は従姉妹たちに頼んだ。

二人は大学時代に父と母と同じ本郷のマンションに住んでいたので、当時のこと、つまり三十代前半の父を知っている。

「そうねぇ……」

首を傾げながら、従姉は本郷よりずっと前の話を始めた。結婚したばかりの父と母が住んでいた、駒込のアパートの話だった。

「うちのママと一緒に泊まりに行ったのよ。メゾネットのお家」

「そうそう、無理にメゾネットに作った家だったから、雨漏りが酷かったの」

父が従姉の言葉に昔をなつかしむ。美味しいものがどんどん運ばれてきて、話にじゃんじゃん花が咲く。私は上機嫌だった。あとは父についてのいい話のひとつでも聞ければ大満足だ。

すると突然、従姉が反対方向へ舵を切った。

「駒込の家ね、夜中におばちゃんが涙ながらに語っていたことがあったよ、ママに」

「なにを？」

尋ねても、従姉は答えてくれない。

「……言いにくいわ」

彼女は父を見ずにワインを飲んでいる。

「今日は言いにくいことも、しゃべってもらうわよ」

私が畳みかける。

「旦那が素敵過ぎるって、感動の涙を流していたんだろ」

父がヘラヘラ笑う。つられて従妹も笑う。従姉は口を開こうとはしない。

「あんなに強いおばちゃんが涙ながらに語るなんてこと、あったのねぇ」

従妹が場繫ぎの言葉を発した。

「ないよ」

「あったのよ！」

ぶっきらぼうに返した父の言葉に、すかさず従姉がかぶせた。笑いごとではないのよ、と制するような語気だった。

外の女のことかと勘繰ったが、どうやら違うようだ。父が訝しがる。

「なんか変な空気になっちゃったわね、じゃあ言うわ」

しばらく黙っていた従姉が口を開いた。

ある夜のこと。夜中に目を覚ました従姉は、私の母と伯母が話し込む声を耳にした。母は何度目かの流産のあとで、どうしても子どもが欲しい気持ちを父がわかってくれないと泣いていた。何度子を宿しても、なかなか育ってくれなかった。なのに、父は母を十分に労わらなかった。

そうだった。私はひとりっ子だが、流れてしまった兄や姉が何人もいるのだ。正確な数はわからないが、私が何番目かの子どもであることは、母から遠い昔に聞いていた。

「まだ妊娠してちょっとしか経ってないのに、高いところにあるものを取れってお父さんが言うのよ。で、台の上に乗って手を伸ばすでしょう。そのとき、あっ！　ってわかるの。流れちゃったって」

そんな母の言葉が蘇った。

わけがわからぬ幼い私に、母が一方的に話したこと。どれほど辛いことか、この歳になれば私もわかる。

母は誰かに聞いて欲しかったのだ。聞き手がその痛みを理解できぬとも。自分が生まれる前の母を癒せぬことが、猛烈にもどかしい。

ひとりも流れなかったら、私は何番目の娘だったのか。いや、流れてしまったから私がこの世に生を享けた。昭和四十八年、四十一歳の初産という当時にはめずらしい高齢出産だった。

父はバツの悪い顔をしていた。平気な素振りで「ママは子どもが欲しかったからなぁ」なんて的外れを言ってはいるが、思いやりの欠如に心当たりがあるはずだ。心の奥底で二度と挽回できぬ失態を悔いているに違いない。私たちは、どうして母にもっとやさしくしてあげられなかったのだろう。

従姉妹たちの気遣いのおかげで、重い空気にならず会食は続いた。それからも父がなにか耳心地の良い思い出話をするたび、二人はそれを茶化した。私なら信じてしまいそうな話を、そんなの嘘よ！　と笑い飛ばして否定した。

三人の遣り取りを見ながら、ここで気付けて良かったと胸を撫で下ろす。

ありのままを書くつもりでいたのに、いつの間にか私はさみしさの漂ういいお話を紡いでいたような気がする。良い時代を血気盛んに渡り歩いた若い父と、死んだ母を偲ぶ老いた父の美しい物語を。

数多の線で形作られた父という輪郭の、都合の良い線だけ抜き取ってうっとり指でなぞる。私は自らエディットした物語に酔っていた。

父のために父を美化したかったのではない。私自身が「父がどんなであろうと、すべてこれで良かった」と自らの人生を肯定したいからだ。この男にはひどく傷付けられたこともあったではないか。もう忘れたのか。

美談とは、成り上がるものではない。安く成り下がったものが美談なのだ。父から下戸の遺伝子を受け継いだからには、私はいつだって素面でいられる。どんなに下衆な話でも、どんなにしょぼい話でも、笑い飛ばし、無様な不都合を愛憎でなぎ倒してこその現実ではないか。
私はグラスの炭酸水を一気に飲み干した。

戦中派の終点とブラスバンド

七月。最後から二番目の日曜日は、ピーカンの晴天に恵まれた。ようやく梅雨が明けたかと喜んだが、つけっぱなしのテレビからは「今年の梅雨明けは例年より少し遅くなります」と気象予報士の声が流れてくる。なんだ、まだか。仏頂面で時計を見ると、正午を過ぎていた。私はあわてて身支度を整え、外に飛び出した。暑い。すでに三十度近くあるかもしれない。

七月は私たち東京人のお盆の季節だ。今日はお寺にお塔婆《とうば》を取りに行き、その足で墓参りに行く。本来なら施食会《せじきえ》に参加してお塔婆を受け取るのが筋だけれど、私には先約があったし、父は「暑い」の一言で参加を怠るのが常だ。よってここ数年は、施食会の翌日にこっそりお塔婆だけ取りに行くのが、私たちの悪しきやり方になっていた。

他の宗派では施餓鬼《せがき》と呼ばれる施食会は、生前の悪い行いの報いで餓鬼道に落ちた亡者たちに食べ物を施す供養を指す。供養されぬ者に施食会をほどこすと、現世にいる私たちの寿命も延びるらしい。不参加を続ける父と私は、おそらく寿命をまっとうする前に餓鬼になるけれど。

我が家はインテリジェンスの欠如だけでなく、だらしなさにも定評がある。スッカラカンの父親、いつまでも嫁にいかない娘。お寺に関してもそうだ。お塔婆を授かる寺と、それを納める墓のある寺が別々で、宗派も違う。こんなことが許されるのか微妙だけれど、準檀家として我が家を扱ってくれるお寺は祖父の代からの地主さんで、母の葬儀をこの寺で執り行ってからダブル宗派スタイルが常態化した。

宗派のダブルスタンダードが宗教上の面倒を誘発したことはないが、二つの寺の往来、つまり物理的な面倒を引き受けるのはいつだって私の役目だ。

まずは向丘の寺でお塔婆を受け取り、タクシーで護国寺へ向かう。二メートル近いお塔婆を手にタクシーを止めると、ギョッとする運転手さんもいる。大丈夫、お塔婆の先をダッシュボードの上に載せてくれれば、普通乗用車にも入るんだから。「大丈夫です」のあとは声に出さず、私は作り笑顔で怪訝《けげん》そうな運転手にお塔婆の先っちょを渡す。父はもう護国寺で私を待っているだろう。

汗を垂らしながら墓参りを済ませ、父と私はお決まりのファミレスへ足を運んだ。運よく窓際の広い席が空いていたので、向かい合わせに腰かける。

メニューを持ってきた中年男性は、私が大学生のころからここで働いている。良く見れば頭髪に白いものが増え、頬のあたりに大きなシミがあった。老けたなぁ、と思う。注文以外で言葉を交わしたことのない相手だが、向こうも同じことを考えているかもしれない。

父はメニューを閉じると、トマトパスタを注文すると言った。いつもと異なるチョイス。こりゃ失敗すると踏んだが、私は黙っていた。

運ばれてきた皿は案の定お口に合わなかったようで「これはちょっと、びっくりだねぇ」なんて遠まわしの嫌味をいいながら、フォークでパスタをこねくり回している。失敗するとわかっていても、先回りしないのが十年掛けて探し当てたうまくやるコツだ。こちらも「残念だねぇ」なんて相槌を打っておけば、無駄な諍《いさか》いは起こらない。

パスタを弄ぶ父と、終わった参院選と来週の都知事選の話になった。選挙前になると父は必ず電話を寄越してきて、なんの説明もなく「○○党へ入れろよ」とだけ言う。私は「あーはいはい」とこれまた適当な相槌を打ち、見解の相違があるときは黙って他の党へ入れた。選挙のあとに、誰に投票したかの確認をされたことはない。

毎度ご親切に「〇〇党へ入れろよ」と言ってくる割に、父には決まった支持政党がない。指令はその都度変わる。そう言えば、実家の外壁に与党と野党のポスターが同時に貼られていたこともあったっけ。ダブル宗派スタイルは、いまに始まったことではないのだ。

「戦中派でもない奴が、戦争のことをごちゃごちゃ言うなよな」

選挙話の流れだったか、父が不貞腐れたように言った。

「戦中派って、お父さんまだ赤ちゃんだったでしょう？」

「俺が戦中派の終点だよ。敗戦のときに七歳」

ということは、昭和十三年生まれの父が三歳のときに開戦か。

恥ずかしいことに、私はいままで父から戦争の話を聞いたことがなかった。父も積極的に話してくることはなかった。戦争は悪い、としか言われたことがない。父がどんな戦争体験をしたか思いを馳せたことすらなかった。

もちろん、父以外の経験者から話を聞いたことはある。しかし子どものころから、戦争の話は姿勢を正し最大限の敬意を払って拝聴するものと決まっていた。不躾な質問や、聞き返しが許される雰囲気は皆無。だからいつも、私の戦争のイメージにはどこか靄《もや》がかかっていた。しかし、父にならら。

「ねぇ……当時はホントに良い戦争だと信じてたの？」

「そんなのわかんないよ、子どもだもん」

「今日から戦争ですってなると、学校は休みになる？」

「ならない。普通にあったよ」

「へぇ。で、戦争が始まっても誰も反対しないの？」

「そうね。そういうムード」

「戦争が始まると、いきなり貧乏になる？」

「違う。もう貧乏になりかけてたの、日本は。統制経済は戦前から始まってたようなもんだね」

「ふーん。配給ってなにがもらえるの？」

「もらうんじゃないよ、買うんだよ」

「買うの!!!」

「そう。ラジオでね、今日はどこどこ地区からどこどこ地区までにスケソウダラですって言われる。スケソウダラばっかりだったなぁ」

父以外に尋ねたら、眉を顰《ひそ》められるであろう稚拙な質問をぶつけ続けた。畏まらず、聞きたいことを思いついた順に聞いた。

「近所に出征した人はいる?」

「いるさ! 赤紙が来た家の周りをブラスバンドが一周するから、どこの家かすぐわかるよ」

「それ、ちょっと不気味だねぇ。お父さんは見てたの?」

「子どもだったから、意味もわからずブラスバンドの後ろにくっついて歩いてたな。楽しそうな音楽だったし、付いて行けばお菓子がもらえたからね。それを咎める人もいなかった」

出征した者のなかには二十歳前後の青年も大勢いたはずだ。尊い命を国に差し出すことを善とし、異論を唱えることは許されない。

子どもたちはなにも知らず、威勢良く音楽を奏でる死の商人のあとを付いて歩く。演奏者も、そんなことのために楽器を体得したのではない。聞いている私の息が詰まりそうだ。

「あのころはそんなこと思わなかったけど、いま考えると出征する家族は不憫だね」

そうつぶやいた父の目は感傷的ではなかった。諦観を滲ませながら、それでも淡々としていた。

「親父はさぁ、戦争なんか駄目だ、みんな不幸になるって、いっつも言ってたように思うんだよなぁ」

当時の父はまだ幼児だ。記憶のどれほどが正確かはわからない。それでも、いまはこの話をもっと聞いていたい。

「東京大空襲のときにはどこにいたの？」

「沼津だよ。疎開した。兄貴たちは一緒じゃなかったけど」

「どうして？」

「兄貴たちは、もう学童疎開してたから」

父には三歳と五歳年上の兄がいる。学童疎開は小学校三年生から六年生が対象だったらしい。

「東京に焼夷弾が落ちるのは疎開前に見たよ。風切り音がすごいんだ。シャーーーって大きな音がするだろ？　空を見上げる。焼夷弾が降ってくる。上野の松坂屋の辺りに落ちるかなと見てたら、ちょっと逸れてうさぎやの辺りに落ちた。ドーンって、凄い音がした」

にわかには信じ難い話だ。嘘を吐いているとも思えない。そんな場面に出くわしたらトラウマで一生が台無しになりそうなものなのに。なぜ目の前の父は、いつも通り飄々としているのだ。

「お父さんは爆弾見たことあるのね」

「焼夷弾」

「違うもの？」

「爆弾は破壊するため。焼夷弾はね、焼き尽くすためにあるの」

爆弾が飛行機からバラバラと落ちるさまはモノクロ映像で見たことがある。着弾の音も想像できた。しかし、焼夷弾の風切り音だけは想像ができない。父が喉から絞り出す、シャーという不気味な音が耳に残った。

「昭和十九年の夏に沼津へ疎開することになったんだけど、疎開するにも貨物や鉄道がもうめちゃくちゃで家財道具が送れないの。親父がどこからかコネを見つけてきて、運輸省の役人に掛け合って、ようやく」

三男の父と曾祖母を連れ、祖父と祖母は親戚を頼り沼津へ向かった。長男と次男の帰りを待たず慣れ親しんだ本郷を離れた日の、祖母の胸の内に思いを馳せる。

必ずまた会える。そう信じるしかなかったろう。当時の祖母はまだ三十代だった。私はうまく言葉を繋げず、代わりにオレンジジュースをストローから吸った。苦い澱《おり》のようなものが口の中に広がった。

沼津で借家を見つけ、家族はしばらくそこに居を構えた。父は沼津で小学生になった。本郷から送った荷物はなかなか届かず、そうこうしているうちに沼津でも空襲が始まった。軍需工場が多くあったために標的にされたらしい。

ある日、ようやく荷物が届く。明日には荷ほどきしようと土間に置いておいたら、焼夷弾が落ちてきてすべてが燃えてしまったという。

父は笑いながら話をしていた。つらいことは笑い飛ばすのが一番だ。私もそうやって生きてきたが、ここまでの胆力はない。

「沼津では、焼夷弾がバラバラ落ちてくるところを逃げたよ。で、逃げる途中でおばあちゃんを捨てたの」

祖母を捨てた？　誰が？　どうして？

日曜日。家族で賑わうファミレスの明るい陽射しが差し込むテーブルで、父はいつもと同じ穏やかな表情で私を見ていた。

七月の焼茄子

七月の終わり、目がチカチカするほど暑い昼のこと。墓参りを済ませた父と私は、いつものファミレスでいつものように向かい合い座っていた。

父はめずらしくトマト味のパスタをオーダーしたが、それ以外はすべてがいつもと寸分違わぬルーティンだ。大きく違ったのは、四十三年この男の娘として生きてきて初めて、父の戦争体験談を聞いていることだった。

東京の本郷三丁目あたりに住んでいた父と家族は、疎開先で空襲にあった。昭和二十年七月十七日、未明の沼津大空襲。沼津には軍需工場が多く、それ故に標的となったらしい。当時、父はまだ小学一年生だった。

親子だからこその馴れ合いと気恥ずかしさで、私は常日ごろから父にぞんざいな口を利く。今日はそれに好奇心が加わって、せっつくように問いを重ねた。

「『贅沢は敵だ!』って本当にみんな言ってた?」

「そうだよ。そうやって言葉で人を統制するんだね。でもさ、ほとんどの人が貧乏で、そもそも贅沢のしようがないんだよ。まぁ当時でも権力を持つ人はいたし、そういう人はなんでも手に入ったし、いまで言う格差はそのころからあったね。戦争は嫌なもんだよ。悲惨」

戦争の話を始めてほどなく、父は文脈に関係なく「戦争はダメ」とか「戦争は悲惨」で会話を締めるようになった。

戦争体験者は異口同音にそう言うが、なぜ父もそう思うのか。私は父の言葉でそれが聞きたかった。

「うーん、嫌な話だけどさ、焼夷弾がバラバラ落っこちて来るでしょう? たまたま一緒に逃げてる人のなかでね、中学生かな、腕が取れちゃったの。当たっちゃって」

こともなげに、と言えば語弊があるかもしれないが、まるで気に入っていたコップを割ってしまった、程度の温度で父が言う。敢えて軽く話しているのかもしれない。

私は自分の体温を無理やり父のそれに合わせて聞いた。

「そっか。で、お父さんのおばあちゃんを捨てた話って、なに」

「沼津についてすぐだったかな、貨物が走る線路の脇がひどい機銃掃射を受けたの。次の日には焼夷弾も降ってきて、夜中に逃げることになった。そしたら、一緒に逃げてた中学生に焼夷弾が当たって腕が……」

「そこはわかった。その中学生は知り合い？」

「ぜんぜん知らない子」

「え？　お父さんは誰と逃げてたの？」

「家族と、あとは知らない人たち。でね、うちは歩けないおばあちゃんをリヤカーに乗せて、親父がそれを引きながら逃げてたの。夏だったから、おばあちゃんに白い布団を被せてね。そしたらそれが目立って飛行機の上から見えるって言うんだよ」

「誰が？」

「一緒に逃げてた連中のなかに、イチャモン付けるのがいたの」

「知り合い？」

「ぜんぜん」

またか。

「そんなの見えるわきゃないんだよ、ばっきゃろう」

一瞬、父は荒ぶったが、その熱はサッと引いた。

ドリンクバーへアイスティーを取りにいきながら、私は頭のなかで話を整理する。空襲から逃げる途中、中学生が被弾したのを機に、足手まといになるからリヤカーを捨てろと迫ってきた見知らぬ男がいた。そこまでは理解した。

席に戻り、尋問を続ける。

「その人は、逃げる集団のリーダーだったの？」

「違う。そういうときはちょっとばかり図体がでかくて、声の大きい奴が偉そうなことを言い出すんだよ、必ず。非常事態には、そういう奴が一瞬で発言力を持つ。言うことを聞かなきゃならない圧を感じるようになるもんだ」

そんな連中とは、離れればいいではないか。あるいはリヤカーではなく、被せられた白い布団を捨てればいいではないか。非常事態では、それすら思いつかないのか。

座っていることに疲れたのか、父はファミレスの椅子からズルッと腰を落とし、不良高校生のような体勢で話を続けた。

「いいか？　逃げるときは決して自分が最初ではないんだよ。誰かが逃げて、そのあとをみんなが付いていく。どんどん人が増えていく。なんでそっちに逃げるかなんて誰もまったくわからない。とにかく逃げるんだ。馬も逃げてきたよ。どっかの厩舎が被弾したんだな。群衆がウワーッと逃げてるところに、狂ったように馬が走ってきて俺たちを追い越していった。馬だってどっちが正しい方向かなんて知らないのにさ」

馬の話で父がヘラリと笑う。まったくもって笑えない話だったが、私もつられて笑ってしまった。

混乱のなか初対面の男に凄まれ、父たちはリヤカーごと祖母を海沿いの松林に捨てた。そこはまだ火の手が迫っていない場所だったというが、一緒に逃げる理由などまるでない初対面の連中に指図され、大切な親を道に捨てる心境が私にはどうしても理解できなかった。それが今生の別れになるかもしれないのに？　父に何度も尋ねたが、明確な答えは返ってこなかった。

「プレッシャーに負けたんだな、親父は」

食い下がる私から視線を外し、父が言葉をこぼした。

父たちは夢中で逃げた。逃げて逃げて、朝がきた。

祖母を探しにリヤカーを捨てた松林へと急いで戻る。しかし、いない。いくら探してもリヤカーが見つからない。

「誰か持ってっちゃったのかしら？　なんて親父とおふくろは言ってたねぇ」

なんとも呑気だが、諦めかけたところでリヤカーは見つかった。思っていたよりずっと家から近いところにあったらしい。おばあちゃんは、リヤカーのなかで捨てられたときと同じようにじっと寝ていたという。

「捨てろって言われてから結構粘ったと思ってたけど、俺たち随分と早くおばあちゃんを捨てちゃってたんだよな」

笑えない話で、また父が笑う。

奇跡の再会を果たし、家族はリヤカーを引きながら家路を急いだ。家はまるごと焼けていた。ぜんぶがぜんぶ焼けていた。庭に植えていた茄子までこんがり焼けていた。

「でね、せっかくだからね、家族で食べたの。焼茄子を」

堪え切れないのか、喋りながら父の声がところどころ上ずる。笑ってはいけない戦争ギャグに、私も笑う。笑えないことは、いつだって堪えきれないほどおかしい。

家が焼かれてなくなった。それは悲惨以外のなにものでもない。しかし、今日も明日も生きていかねばならない。だから焼夷弾に焼かれた茄子を家族で食べる。

私なら二度と茄子を見たくなくなるが、なんなら焼茄子は父の好物だ。私たちは親子だが、生きる強さがまるで違う。

我が家も父が下手を打ち、実家が無くなってしまった過去がある。そのころは知る由もなかったが、父はとうの昔にスッカラカンだったので、最後の数か月は私の貯金をつぎ込み家と商売を維持した。しかし、ついにどうにも踏ん張りが利かなくなった。私に商才があれば違う着地もあったかもしれないが、残念ながらそうはいかなかった。

手放した実家は一階二階が父の興した商売のオフィス、三階四階が家族用の住居という、そのころの私たちの身の丈にはまるで合わないビルだった。いっそ焼けて無くなればよかったのに、いまではそっくりそのまま、ほぼ居抜きで信用金庫が入っている。

いまもその前を通ることがあるが、なんともおかしな気分になる。三階のリビングは近隣住民に集会所として開放しているそうで、恥ずかしいことこの上ない。ご近所さんは入れるが、私は二度と入れない私の家。笑えないことは、やはり堪えきれないほどおかしいのだ。

東日本大震災のころ、私はみっともないほどうろたえた。東京にも風に乗って放射能がやってくる。いますぐここから逃げなければ大変なことになる。恐ろしい話ばかりがワイヤーのように体へ食い込んだ。この苦しさから逃げられるなら、東京を捨てることもやむを得ないと覚悟した。

父に相談すると、「なんとかなるよ。まだ住むところもあるし」と言われたのを覚えている。なにをのんびりしているんだと腹が立ったが、沼津の一件に比べればたいしたことはなかったのだろう。

父の一家が沼津から東京へ戻ると、本郷の家も焼けてなくなっていたらしい。震災後の私はそんなことも知らず、正しい方向もわからずに、見知らぬ誰かのあとを付いて逃げようとしていたわけだが。

「終戦」と私が言うと、「敗戦」と父が言い直す。

「敗戦の翌日からいきなり『これが自由です。そして自由には義務がついてきます』なんて言われて面喰ったねぇ。もうちょっと大人だったら、もっと混乱したと思う。教科書の『鬼畜米英』の文字をおふくろが墨で消してさ。ほら、情報開示なんて言いながらマジックで真っ黒になった書類をニュースで見たことあるだろう？　あんな感じ。日本人は大人しいんだよな、どっから見たって変なことでも議論にならない」

戦後は食べるものも十分になく、お腹を空かせた伯父たちは米軍の手伝いをしていた祖父に食べ物をもらってくるよう詰め寄った。

祖父は米軍からうどん粉を横流ししてもらったが、枕ほどの大きさの袋を開けるとそれは砂糖だったという。

「砂糖はうどん粉の何倍もの価値がある。でも親父はそれを売らないんだよ！　欲がない。だから俺たち兄弟は、毎日茶封筒に砂糖を入れて学校へ持っていって舐めてたね。

俺だったらすぐ闇市へ売りに行って、何倍もの金にしたのに。見つかったら捕まっちゃうけどさ」

なるほど。目の前に座る爺は、茶封筒の砂糖を舐めて生き延びたというわけか。

子ども姿の父がぺろぺろ砂糖を舐める姿を想像する。なにもかも不謹慎で、どうしたらいいかわからない。

「ねえ、戦争のあとはひどい不景気だったと思うけど、回復したなって体感できたのはいつごろだった？」

「そうね、朝鮮戦争が始まってからだね」

なんとも後味の悪い話だ。戦争の痛手から立ち直る起爆剤は、次の戦争だったのか。

「しばらくは貧乏だったねぇ。親父は戦後でも二億ぐらい持ってたはずなんだよ。戦争が始まる前におじいちゃんの商売の権利を売った金が五億ぐらいあって……」

「は？」

「あ、ごめん。五万だ」

「でしょうね」

「それで池袋の闇市がさぁ」

話がだいぶ横道に逸れてきた。

「その話は、また次にね」

私は父に礼を言い、伝票を手に席を立った。

それぞれの銀座

「銀座百点」から執筆を依頼された。銀座の思い出を書いて欲しいという。昔から馴染みのある雑誌だったので嬉しかった。

母は銀座が好きで、子どもの私を連れてよく通った。私は店内に置かれた「銀座百点」をパラパラとめくりながら、母の買い物が終わるのを待っていたように記憶している。甘くなつかしい時間だ。

執筆のため、いくつか確認したいことがあったのと、母の思い出を書けることが嬉しくて父に電話をした。先週のことはすっかり忘れても何十年も前のことは覚えているのが父で、母と銀座のあれこれを聞いていたら随分と長話になった。死して尚、母は我が家の潤滑油である。

一か月後、エッセイが掲載された号が店々に並び始めたと聞き、父を誘って銀座へ出掛けた。あのころのように、店に置かれた小冊子を直接手に取りたかったのだ。

すぐ見つかると楽観したが、宛てなく銀ブラをしても置いてある店がなかなか見つからない。銀座百店会会員の店頭に置いてあるらしいが、それをもらうためだけに買い物の予定がない店に入るのは気が引ける。ショウウィンドウに誘われ、たまたま入った店に置いてあるのが、言い訳がましいが理想のパターンだ。でないと、さもしい気持ちになってしまう。

改めて銀座を見回すと、昔に比べて小商いの店がグッと減っていた。目抜き通りはどこもかしこも外資のお店ばかり。九月末日の残暑厳しいなか、額の汗を拭きながら父と私はフラフラと銀座の街を歩き続けた。

「サンモトになららあるでしょ」

歩き疲れた父が言った。老舗のセレクトショップ「サンモトヤマ」のことだ。確かにそうだと父のあとを付いて並木通りを歩いたが、今度は店が一向に現れない。

「おかしいなぁ、絶対ここなのに……」

父がひとりごちる。誰かに尋ねればいいのだけれど、おのぼりさんのようでみっともない。それに今日は父も私もカジュアル極まりない格好をしていたので、高級店に入るのが恥ずかしい。

「あ、あったあったサンモト」

前を歩く父が路面店に足を踏み入れた。店先では店員が服を畳んでいた。

「こんなことをお願いするのもなんだけど、銀座百点を一冊もらえないかな？」

父はえらく平身低頭に尋ねたが、店員はポカンとしている。もう一度尋ねると、そんなものはうちにないとにべもない。なおも父が食い下がると、「サンモトヤマさんは改装中で、あちらの二階に仮の店舗がありますよ」と店員がそばの建物を指さした。サンモトヤマと信じて入った店は、外資系メンズアパレルの路面店だった。父の勘も相当鈍っている。


「ねえ、こんな格好で行きたくない」

私はゴネた。ただの見栄だ。

父は平気の平左という顔で、何十年も昔に買ったであろう古めかしい青色のシャツを指さした。

「大丈夫、大丈夫。この服は昔サンモトで買ったものだもの」

胸元には白地に赤のストライプが入った浮き輪が刺繡されていて、ミントキャンディーのようだ。なるほど、よく見ると仕立ての良さが服の佇まいに現れている。父にも似合っている。こういう服を捨てないから家中荷物だらけになるのだな。狭い家に引っ越したんだから、古いものはとっとと捨てればいいのに。

窓に映るジーンズにTシャツ姿の自分を睨みながら、エレベーターでしぶしぶ二階へ上がった。仮店舗なので仕方がないが、なんだか老舗の荘厳さに欠ける。エッセイではサンモトヤマにも触れていたし、もっと感動的な「銀座百点」との邂逅を期待していたのに。

店には数組の客がいた。二階まで上がってくるだけあって、一見さんは皆無だ。どの客にも店員がついているが、場違いな父と私は一瞥ののち放置された。

「そろそろセールだよね」

若い女店員に父が話しかける。私は笑いを堪えた。声色はマイルドだが、きちんと扱った方がいいぞと言わんばかりに常連の振りをしているのだ。父は世界中の女という女とコミュニケーションを取るのに長《た》けているので、ここはお任せしておこう。

しかし、店員はつれなかった。数十年前の買い物には効力が無いようだ。

めげずに店内を歩く。入るなりケチをつけたが、店内には昔と変わらぬ質の良い商品がそこかしこに並んでいた。置いた手が勝手に滑り出すほどすべすべなカシミアセーター、夜の闇より深く、限りなく黒に近い濃紺の中折れ帽。豊かなフリンジをたくわえたペイズリー柄のショール。質の良いものは描く曲線が違う。すべてため息が出るほど滑らかなのだ。

高級店での客の扱いは言わずもがな、これまでに使った金額で決まる。昔どんなに上客だったとしても、継続性がなければ意味がない。蛇口を開けっ放しにして、水滴を滴り落とし続けられた者の勝ちだ。

母は大した上客でもなかったろうし、私なんて母の買ってきたものを眺めていただけだった。父の蛇口はいまだ開きっぱなしだが、水が枯渇したので滴るものがなにもない。店からしたら私たちはただの闖入者だ。

一見して豊かな生活をしているとわかる老夫婦が店に入ってくるのが見えた。夫は全身モスグリーンのグラデーションで、妻はモーヴの空気を纏っている。妻の髪はふわっとセットされ、爪は美しく藤色に塗られていた。体の隅々まで他人の手で整えられていることがはっきりとわかる。良いものを食べ、ちゃんと専業主婦を務めてきた自信のある顔をしていた。二十歳前後の、はすっぱな格好の孫と思しき女の子が老夫婦の後ろを歩く。孫娘だろうか？　店にはまるで興味がなさそうだが、彼女の審美眼はこうして無自覚のうちに鍛えられていくのだ。

もし、あのまま父の商売が上手くいっていたら。母がまだ生きていたら。私が子どもを産んでいたら。頭のなかにもしもの嵐が吹き荒れる。古いシャツを着て常連を気取る父とオドオドした私は、清貧から遠く豪奢にも手が届かない。

沈んだ気持ちを弄ぶ私とは裏腹に、父は臆せず店員と談笑し、とっかえひっかえ帽子の試着などしている。

「たくさん持ってるでしょう？」

私は居心地の悪さを父の背中にぶつけた。

店員も父も、私を一瞥するとまた会話に戻ってしまった。チッと心で舌打ちする。所在なくガラスケースに肘をついたら、そこに「銀座百点」があった。サッと一冊鞄に入れる。万引きじゃあるまいし。今度は自分に腹が立った。

用も済んだしとっとと退散しようと店を出るところで、先ほどの金持ち一家と鉢合わせた。買い物袋を手にした店員がエレベーターの前で彼らをうやうやしく見送っている。私たちは無言のまま階段を選んだ。一歩踏み出す父の足もとがおぼつかないので、そっと腕を取る。

店を出たところで父が口を開いた。

「お前に迷惑をかけるのが申し訳ないから、もうあの家を出ようと思うんだ」

冗談はよしてくれ。あの家は私が百万円以上資金援助をして一年分の家賃を支払い、昨年契約したばかりではないか。もっと小さい家に住むと殊勝な面持ちで言うのだが、また引っ越す方が金がかかる。これだけ無計画なら、そりゃあモスグリーンの老紳士になどなれるわけがない。

とにかく引っ越しはやめてくれ、できることはするからと懇願すると、父の話はいつの間にかマンションを買えという話にすり替わっていた。なんだ、殊勝な話はマクラか。家賃が勿体ないから引っ越すという流れから、不動産を買えまでの距離は驚くほど短かった。この男の習性なら知り尽くしたと高を括っていたが、見事に最後まで聞いてしまった。悔しい。もちろん、買えるわけがない。山手線の内側に俺の住むマンションだなんて、そんなもの買えるかよ。

夕飯には少し早かったが「銀座百点」が読みたいと父が言うのでニュー鳥ぎんへ向かった。席に着くと、父はタレの焼き鳥セットと貝柱の釜めしをオーダーし、格子柄の表紙をめくった。背中を丸め、一生懸命読んでいる。父が週刊誌と新聞以外の文字を読むのを見るのは初めてかもしれない。なかなか新鮮な光景だ。

焼き鳥が来ても、父は顔を上げようとしない。

「字が小さすぎるの？」

「違う。何度も読んでるの。ママが出てるから」

憎たらしい、こちらを向こうともしない。

そのうち串を手にしながら読み始め、案の定タレ付きのレバーをベチャッと誌面に落とした。しかも私の顔写真の上に。

「あーあ、やると思ったよ」

父がようやく顔を上げ、私の顔を見た。お父さん、それは完全に私の台詞だよ。


帰り道。和光の横を歩いていると、昔話が始まった。

「GHQは朝鮮戦争のころの方が多くいたんだよなぁ。和光も米軍のPXだった。どこもすぐ接収されちゃうの」

私は黙って続きを待つ。

「この辺は米兵がたくさん歩いてたな。日本人をふざけて持ち上げて、数寄屋橋から落としちゃったなんてこともあったよ。戦争のあとの話ね。そういうことがあっても、なーんにもできないんだ日本人は」

話の真偽はともかく、父は少し怒っているようだった。

「女はね、唇を赤くして米兵にぶら下がって歩いているのがいたよ。モンペ姿が似合う昨日田舎から出てきたような女は、化粧を濃くしないとだめなの」

なんともひどい言いようだ。私は眉間にしわを寄せた。

「食うもんがなけりゃ、売るもんがなけりゃ、体を売る。女は大変。パンパンをやって一家を支えてた悲しい時代」

くっきり引かれていた売春婦とそれ以外の女の境界線は、時代が流れるとともにいつの間にか滲んで馴染んだそうだ。

「馴染めなかった人もいたかもね」

小さな声で父が言った。

「みんなそのあと誰かと結婚したり、水商売をやったり。まあ、男も大変」

どこが「男も大変」なのだ。言いたいことはわかるが、飲み込むわけにはいかないと父を肘で突く。

当時まだ幼かった父の記憶は伝聞まじりだ。しかし、家族を支えるため着飾った女たちがこの通りを歩いていたことは事実だ。

「自分の周りにそういう人がいない人は一方的に責めていたけど、そういう人に家族を支えてもらった人はむしろ感謝してた。俺の近所にもいたな。姉さんがオンリーだった人が」

残念ながら父は口が悪く、年相応の（という表現が適切かあやういが）偏見もある。公共の場で慌てて父の口を塞ぐことも度々だった。

しかし、父は一刀両断で個人を見切るようなことは絶対にしない。人にはそれぞれ事情があることを、小さなころからその眼で見てきたから。なかなか解けない偏見に縛られながら、個の事情を尊重する。すべては個別案件。理解しがたいパラドックスだが、イデオロギーより現実を生き抜く臨機応変さを尊ぶのが父のスタイルなのだ。

中学生のころから、父は「アメリカへ留学しろ」と私を煽った。母が必死でそれを止めた。恐ろしい戦争を経験したからこそ相手の懐に飛び込み、互角に渡り合えるようになれと言いたかったのかもしれない。

戦争から父が学んだことは、戦争は絶対悪であるということ。そして、戦後から父が学んだのは、とにかく生き抜くのが最優先だということ。

「あー、どんどん銀座が薄くなるな」

夕暮れを背に父がぼやいた。

ミニ・トランプ

なんてこった。あのドナルド・トランプがアメリカ合衆国の次期大統領に決まってしまった。

午前中の速報では、ヒラリーの劣勢がまだ「意外なこと」として伝えられていた。しかし、午後になっても夜になっても、それが覆されることはなかった。

私は政治にも経済にも疎い。日米関係における今後の展望を予知する能力もないし、トランプの真の政治手腕も見抜けない。しかし、人種差別的、性差別的、排外主義的な発言を繰り返した男が、私の大好きな国の新しい長に決まったことだけはわかった。

父に勧められ、次第に自分でも興味を持つようになり二十歳でアメリカへ留学した。たった一年の滞在では物足りず、もう一度と願う気持ちが二十年経っても消えぬ憧れの国。幸い私が過ごした州が赤く染まることはなかったが、それでも胸にくすぶるものがあった。

聞くに堪えない暴言を繰り返した人間を「それは織り込み済み。もうひとりよりはマシ」と選んだアメリカ人有権者がこれほど存在した事実に、私はひるんだ。近所に住む口の悪いおじさんの床屋政談ではない。これは国の顔を決める選挙なのに。

本音が受けたというが、こと寛容性に関わる本音など、自分が満ち足りているか否かでコロコロ変わるものだ。本音を軽んじるべきではないが、よく生きるための信条より重んじるべきとも思わない。第一、その本音とやらが悪と見做す要因を排斥したとしても、自分が満ち足りる保証はない。

誰もが偏見を持つ可能性がある。私も日々、己のそれに足を取られぬよう自分とせめぎあっている。特定の層を十把一絡げにし、他と扱いに差をつけると公言する人などなおさら認めたくない。境界線でせめぎあう私を置いて、アメリカはやすやすと感情が支配する側へ飛んだように見え悔しかった。

深夜ベッドに横たわると、ヒラリーの敗北演説が始まった。

「小さな女の子たちへ。あなたは貴重な存在であること、力があること、世界中すべてのチャンスをものにするに値する存在であることを、決して疑わないで」

他国の出来事なのに、涙があふれてきた。敗北が決まってから広がった疑念が、頭から追い出せない。もし、ヒラリーが男だったら。もし、トランプが女だったら。敗因は性差別にあると示唆する、ずる賢いヒラリーならではの演説だと揶揄する人もいた。私だって性差がすべてとは言っていない。しかし、それが一端を担っているのではとの疑念が蒸気のように噴き上がるのを止められなかった。性別のせいになんか、一番したくないのに！

男に生まれていたらとは思わないが、私が男だったら立ち振る舞いに細心の注意を払わずとも済んだ場面もあったろう。私の知る限り、若い女の生意気はときに歓迎されるが、自己主張の仕方には工夫がいる。いや、彼らには男たち特有の社会圧がある。そこはお互い様だ。不当に得をしているのは一部。わかっている。けれど……。

弱った自分のみすぼらしい本音に取りつかれぬよう、よく生きるための信条を胸に刻みながらその晩は眠りについた。なのに、何度も目が覚めてしまった。

ここと違って、自由な女が自由に生きる国。そんな夢からも覚めてしまったような気分だった。留学時代、私は女らしさなんて一度も気にせず伸び伸びと暮らしていて、その快感がいまだ忘れられない。

最近は夜中によく目が覚める。寝つきも悪い。下手をすると一晩に二回、ベッドから出て温かいお茶を淹れ、暗いリビングからまだ明けぬ空をぼんやり眺める羽目になる。母は昔、寝るにも体力がいると言っていた。私もそういう年になったのだ。

一度目が覚めたら再び眠りに戻るのは至難の業なのに、帰宅した父がうるさくて寝不足になってしまう。珈琲をドリップしながら、母は毎朝こぼしていた。

どこをほっつき歩いているのか、そのころの父は毎晩夜中に帰宅するのが常だった。深夜にガレージの開く音が壁伝いに聞こえてくる。それが帰宅の合図だった。

玄関で靴を脱ぎ、車の鍵をガチャリと下駄箱の上に置かれた皿に乗せる。階段を上がり、そのままリビングでしばらくテレビを観ることもあれば、寝室へ直行することもあった。

パジャマに着替えると、父は決まってトイレへ行く。私の部屋の向かいにトイレがあったせいで、ブーッとおならの音まで聞こえてくる。トイレには本棚があり、「カーグラフィック」、「ゴルフダイジェスト」、その他いくつかの週刊誌が置かれていた。

排泄と読書のあとは洗面所だ。ジャージャーと水を出しっぱなしにして顔を洗い歯を磨く。父は几帳面以上神経質未満の質で、洗顔後はビシャビシャの洗面台に乗っているものをすべて除け、乾いた布巾で隅々まできれいに拭く。四角いテーブルを丸く拭くようなことは絶対にしない。同様に鏡をピカピカに拭いたら、化粧水を手に取って顔にパンパンと叩く。

ここまでが夜の儀式なので、下手をすると帰宅から優に一時間は経過している。それからベッドに入り、寝ている母に遠慮もなくテレビをつける。音もそうだがチカチカと光がうるさいと母は嘆いていた。

午前様の父が起床するのは、翌朝九時ごろ。学校のある平日、私はもう家にいない。週末の父はゴルフに行くことが多く、今度は六時に家を出てしまう。私はまだベッドの中だ。

父とようやく顔を合わせるのは、ゴルフのない休日と決まっていた。会えば必ず「おう、かわいいな。なんか欲しいものはあるか？」とか「お金はいるか？」と尋ねられるのだが、さして物欲のない私はいつも「べつにいらない」と返していた。すると父は大げさにため息をついて「おまえはなにも欲しがらないから、本当につまらない」と機嫌を損ねるのだった。大人になったいまでも、人にものをもらった引き換えに愛嬌をふりまくのが私は下手だ。相手の欲しがる感謝を、過剰に放射することができない。

トランプ勝利宣言の翌日、仕事場から父に電話をした。家族で世話になった父の古い友人と会食をすることになり、空いている日を伝えるためだった。

人前に出る仕事を始めて数年、私は父にそれを隠していた。バレてからも、恥ずかしいからあまり人に言わないでと頼んでいたが、最近はちょこちょこ漏らしているようだ。

「ダメだ、ダメだ！　携帯変えたの失敗！」

電話の父が早速不機嫌をまき散らす。

つい先日、父は携帯を格安キャリアへと変えた。基本料金が高いのが気に入らなかったらしい。この年齢から番号を変えるのは得策とは思えなかったが、相談される前に解約していたのでどうしようもない。案の定、誰からも電話がこなくなったとむくれていた。新しい番号を数人にしか教えてないのだから当然ではないか。思い付きで行動し、すぐに「失敗だ！」と怒るのは父の得意技である。

「私が空いているのは五日と十二日と……あと十五日以外」

手帳を見ながら話す。

父はハイハイと朗らかに答えるが、メモを取っている気配がまるでない。

「メモしてる？」

「してない」

「なんで？」

「覚えられる」

「無理でしょ」

「紙がない」

押し問答の末、ようやく父がペンを取った。

「ねぇ、お父さんが『トランプには励まされる』なんて言うから、大統領になっちゃったじゃない」

八つ当たりをしたら、父は被せるようにこう言った。

「当然。俺は最初からトランプだって言ってたよ。俺だったらトランプに入れる。まさかおまえ、ヒラリーなのか？」

電話をしながら開いていたフェイスブックには、アメリカの友達による嘆きの投稿がズラリと並んでいた。日本の友人にもトランプ支持者は皆無だった。

今回は市民の分断が色濃く出た選挙だと言われていたが、まさかの身内にトランプ支持者がいた。灯台下は真っ暗だったというわけだ。

トランプは頭がいいぞ、あれは全部作戦だと父が言う。作戦だろうがなんだろうが、有色人種の女として看過できない発言が多すぎると私が返す。なにより大事なのは市民の経済で、壁を作るのは当然だ、ヒラリーはウォール街から多額の献金を受ける嫌な奴だと父が吠える。まるでミニ・トランプだ。差別的な発言などまったく気に留めていないようで腹立たしい。娘のオバマケアのおかげで年末を迎えられるくせにと喉まで出かかったが、絶対に切れる刀は抜いたほうが負けだと同居人にたしなめられたばかりだったので、ぐっと堪えた。

ほんの十年前まで、父は全盛期の石原慎太郎とナベツネを足して二で割らないような男だった。そう言えば中学時代にもこんな言い合いをして、父からしばらくアカと呼ばれていたことがある。私は自身を極度のリベラリストとは思わないし、むしろリベラルな友人からは資本主義を重んじすぎると眉を顰められることが多い。それでも、いまでは我が家のラストベルトとなった父から見たら、かなりリベラルなのだ。

「いやーびっくりしたわ。おまえが合理的にものを考えられないとはね」

芝居がかった声。こうやって人をいらつかせるのは父の常套手段だ。挑発に乗ってはいけないと警戒しつつ、私は尋ねた。

「ヒラリーが男でも負けた？　トランプが女だったら？」

「当然トランプ！　女だったらもっと人気が出たろうよ。女なら当たりがもっと柔らかくなってただろうし……」

「なんで女は当たりが弱くならなきゃ人気が出ないのよ！」

「ヒラリーも最後は泣かずに頑張って偉かったけどね」

「偉いってそれ、女はそもそも泣くもんだとでも？」

こういう口の利き方をすると、父はガラガラとシャッターを下ろす。男だ女だという話が大嫌いなのだ。イデオロジストはもっと嫌いだ。

「女は泣くもんだなんて俺は思ってないぞ！　女はそんなに生易しいもんじゃない！　おまえを含めてな！」

携帯から父の大声が漏れる。そばにいた同僚が堪え切れずブフフと噴き出す。父の大声を聞きながら、まだまだ威勢があるなと頼もしい気持ちになった。

「おい、会食はおまえがご馳走しろよ」

「やめてよ、私をライオンのたてがみみたいに扱わないで」

どこかの信用金庫がこしらえた、クレジットカードの使い過ぎに注意喚起するポスターが頭をかすめる。何枚ものクレジットカードのおかげで、自分をライオンだと勘違いした猫のイラストが描かれているものだ。

「お父さんはね、猫なのよ」

「最近のたてがみは、取り外し可能なんだよ」

お父さん、それはアマゾンのコマーシャル。しかも犬だ。父へのプライムサービスは丁重にお断りしたい。

ねじれ現象はなはだしい親子だが、私が政治的な正しさを学ぶ機会が持てたのは、紛れもなく高卒の父がしゃにむに働いて稼いだおかげだ。父にとってはなんとも皮肉なことだが、私はそれを心から感謝している。

「おまえは元気でやっているのか？」

「元気だよ」

「なら良かった」

「じゃあね」

電話を切ってツイッターを見ると、ラストベルトのひとつ、ミシガン州出身のマドンナが「燃えてきたわ、私たちは決してあきらめないし、決して屈しない」とつぶやいていた。

そうこなくっちゃ。やはり、私はアメリカが好きだ。

東京生まれの東京知らず

いない。どこを見渡してもいない。ほんの数十秒目を離した隙に、父が消えた。電話にも出ない。探しに行こうか？　いや、父が私を探す可能性もある。この場を離れるわけにはいかない。ハシビロコウの前で、ハシビロコウの如く立ち尽くすしかなかった。

私には考えがあった。子どものころにできなかった「親子らしいこと」をやるのだ。大人になったいま敢えてそれをやれば、思わず涙がホロリと流れ落ちるようなエピソードが生まれるに決まってる。つぶさに書き留めたら、そこそこ字数も埋まる。

二〇一六年の師走は馬鹿みたいに忙しく、じっくり取り組んでいる暇もない。かと言って墓参りの話ばかりでは、書いている私も気が滅入る。間違いなく下衆なやり方だが、子どもが初めてのおつかいに行けばそこにドラマが生まれるものだ。今回はいっちょ、そんなペースでいってみよう。

折角の機会だ。幼児と新米パパがやるようなことのほうがいい。たとえば遊園地。たとえば動物園。私は今年四回も上野動物園に行った。訪れた理由はさまざまだったが、その都度たっぷりと楽しめた。鳥類が多く、鳥好きの父を連れてきたら喜ぶに違いない。

子どものころ、父と上野動物園へ行った記憶はない。そうだ、いまこそ上野動物園へ行こう。興味のなさそうな父をなだめすかし、土曜日の昼に根津駅で待ち合わせる約束を取り付けた。上野動物園は池之端門から入り、西園を先に見る方が具合が良い。表門から東園に入ると最初に見るのがパンダになり、出落ち感が否めないのだ。


土曜日。慌ただしく用意をしていると、父から電話があり十五分ほど遅れると言う。聞けば目眩がして歩けないとのことで、着いたら俺になにか食わせろと弱々しくねだられ電話は切れた。いつもの低血糖だ。

待ち合わせにぴったり十五分遅れ、タクシーで父が現れた。フラフラとした足取りと、真っ赤な革ジャケットがアンバランスで滑稽だ。ひとまず糖類を与えて様子を見ようと駅前の珈琲館に入る。

父にはミルクティーとホットケーキ、私にはブレンド。可哀想に、席に着いてからもぐったりとうなだれている。今日はこのまま家まで送らなくてはならないかもしれない。これじゃあ感動もへったくれもないな。

しばらくして運ばれてきたきつね色のホットケーキに、グロッキー気味の父がたっぷりバターを塗った。一口食べて、今度はつやつやのメイプルシロップをこれでもかと垂らし、ホットケーキをフォークで小さく切っては口へと運ぶ。黙々とそれを繰り返す様子を見るに、食欲はあるようだ。私はホッと胸を撫で下ろす。

「タクシーの運転手がさぁ、東京生まれ東京育ちだってのに道を全然知らないんで参ったよ」

父が早速悪態を吐く。

「そりゃ世田谷や荻窪の人だったら、この辺の道はわからないでしょう。私たちだって、あっちのことはわからないもの」

「まぁそうだよな。東京は広いもんな」

取るに足らない話をしているうちに、父の顔が血色を取り戻していく。これなら予定通りことを進められるかもしれない。

「お父さん、動物園へ行ける？」

「ああ、行けるよ」

善は急げ。動物園に入ってさえしまえば、あとはなんとかなる。私は急いで会計を済ませた。

店を出て、信号を渡る。父の足取りは軽い。そのまま大通りを右に進めば池之端門なのだが、なにを思ったか父はずんずんと路地裏へ歩いて行く。

「お父さん、入り口はこっちよ」

「いいの、いいの」

私が指し示す方向などお構いなしに、スタスタと先を歩く。さてはシュガーハイだな。幼少期から青年期にかけてこの辺りに住んでいた故のなつかしさと血糖値の急上昇が相まって、父は一種の興奮状態にあった。この辺は昔のままだ、あっちは全然変わっちゃった、このマンションにはおまえも知ってる誰々さんが昔住んでいて、などなどなど。元気になったのはありがたいが、動物園の周りをぐるぐる回っているだけで話が一向に進まない。動物からもホロリとさせるエピソードからも、どんどん遠ざかっていく。

随分前の話になるが、私がひとり暮らしの候補地について話したときに、あそこは道が狭くて消防車が入れないからダメだとか、なんにもない場所だから住みづらいと言われて面食らったことがある。同じ区画を語っているとは思えぬほど父の描写は的外れだった。東京のあちこちの記憶が昭和四十年代で止まっているのだろう。

「よその家の会話が外に漏れてきて、下町風情だねぇ」

文化住宅の前を歩きながら、誰にともなく父が言う。思い出の街歩きに破顔しっぱなしの父だが、いまは縁もゆかりもない巨大な団地住まいで、こういう暮らしからは縁遠い。子ども時代の欠片を見つけては喜ぶ父を憐れんでいいのか、良かったねと微笑み返していいのか、私にはよくわからなかった。

三十分ほど歩き回り、ようやく動物園の入り口近くに辿り着く。さあ入園と気を取り直すと、今度は弁天堂が見たいと言い出した。渋々と不忍池へ向かうと、父がうわーと声をあげた。

「弁天堂、こんなに立派になっちゃって！　ちょっとお参りして行こう。へー、お父さんが子どものころは掘っ建て小屋だったのに。あのねぇ、こっちの池とあっちの池は高さが違ったの。で、堰き止めてある板にびっしりエビが付いててね、あ、鴨だよ。茶色い鴨しか居ないね。青っ首はどこだ？」

父がまたスタスタと歩きだす。活き活きとした表情を見るに、これもまた親孝行かも知れない。

青っ首の鴨、青っ首の鴨と呪文を唱えるように歩くので訳を聞けば「青っ首が一番美味しいから」と身も蓋もない答えが返ってきた。

「ねえ、もう動物園行かなくてもいいでしょう?」

ようやく歩き疲れた父がベンチに座り、私の顔色を窺った。そう言い出すんじゃないかと嫌な予感がしていたころだった。

「ダメに決まってる。このままじゃあ訳のわからない原稿になっちゃうもの。原稿料のためだ、行くよ!」

「そうか、金のためなら行かなきゃな」


歩き疲れた父の背中を押して勢いよく門をくぐり、財布を鞄にしまって顔をあげたらもう父が消えていた。入園後、即迷子になる老人なんて聞いたことがない。どうしていつもこうなんだ。

イライラとその場で父を待つ。五分、十分。ハシビロコウとの我慢比べには勝てそうもない。痺れを切らし、動こうと心を決めたところで「いつもラジオ聞いています!」と、子ども連れの家族から声を掛けられた。

一緒に写真をと言われ、最初はお母さんと、次はお父さんとお子さんと一緒にフレームへ収まる。笑顔でカメラに向かいながら、視線の端で父を探す。どこにもいない。お母さんの顔に「ひとりで来たの？」と書いてあるように見えたので、後ずさりでその場を立ち去った。

親子の背中が見えなくなったところで再び同じ場所に戻ると、そこに父が居た。

「ちょっと！　どこ行ってたのよ！」

「オカピ見てた」

「はぁ⁉　なんで！」

「めずらしいから」

違う。そういう返事を期待していたのではない。いまのは、どうして私を置いて行ったのかという意味の「なんで」だ。

その後も父は散々だった。モノレールに乗りたいと駄々を捏《こ》ね、キリンやカバなどの大型動物を見れば「一億円くらいかな？」と、隣の親子に聞こえるくらい大きな声で不謹慎な発言をする。夜行性の小動物が展示されている薄暗い館では「なにも見えない」とサングラスを掛けたまま憮然とする。ホロリとするエピソードなんかひとつも生まれない。子ども時代のやり直し作戦は失敗に終わった。

悪いことばかりでもなかった。園内はこの上なく美しい季節を迎えており、見上げれば黄色いイチョウ、赤いモミジ、茶色く染まったケヤキの葉。どこを見ても美しい。私の機嫌もだんだんと上向いて、フラミンゴや大鷲などの鳥を背に父の写真をたくさん撮った。

モノレールは工事中だったので、パンダのいる東園には行かぬまま動物園を出る。老人特有のゆっくり歩きに加え、不規則なスタスタ歩行と急に立ち止まる父のペースに合わせていたら、私の足が筋肉痛になってしまった。

「お腹が空きました」

昼前のフラフラが嘘のように、いつの間にか背筋がシャンと伸びた父が空腹を訴える。

「それなら、湯島まで歩いて井泉でトンカツでも食べようか」

「おう、それいいな。おまえのことも覚えてるよ」

父の言葉が理解できず、私は首をかしげた。

観光地の有名店の名を挙げたつもりだったが、なぜ井泉の人が私のことを「覚えている」のか。

「忘れちゃったの？　ああ、まだ子どもだったからな。井泉の一家とうちは同じマンションに住んでたんだ。おまえもたくさん遊んでもらったよ」

本郷三丁目のマンションに住んでいたころ、ひとりっ子の私と遊んでくれた大人はたくさんいた。父曰く、そのうちの一家族が井泉の創業者一家だったそうだ。

下町の老舗らしい趣ののれんをくぐる。店内は、古いながらも清潔に手入れがされていた。早い時間だったからか、まだ空席がある。着席して父はロース定食を、私はヒレかつ定食を頼んだ。

奥から着物姿の女性が出てきて父に気付き、次に私に気付いてハッとした表情を見せた。私にはまるで記憶がないが、先方には私の記憶があるらしい。

「あらまぁお久しぶり。こんなに立派になって！」

初めての拝顔と思しき品の良い顔立ちをじっと見つめていると、記憶の奥の奥の底からじんわりと、なつかしいお姉さんの面影が湯気のように立ち上ってきた。確かに、私はこの笑顔を知っている。

マンションの細長いコンクリートの廊下が、手を伸ばしても届かない記憶の遥か先に浮かんでくる。もどかしさと同時に、なつかしさがポッと胸に広がった。嗚呼、そうだ。このご婦人は石坂さんとこのお姉さんだ。

東京生まれ東京育ちにとっても、東京は広い。知らない場所だらけだ。勝手知ったる街でさえ次々と表情を変え、あるいはひっそりと裏路地に面影を残す。その輪郭を確かめようと手あたり次第にまさぐったところで、結局は元居た場所に引き寄せられ、背中から深く杭を打ち込まれる。

どこへ行っても、おまえたちはこの辺りの人間だ。街にそう諭されたような気分になった。

H氏のこと

「男はさ、弱みを見せたくないから、年を取ると友達が減るんだよな」

H夫妻に銀座ですきやきをご馳走になりながら、父が独り言のようにつぶやいた。めずらしい。普段は「男たるもの」とか「女ならば」とか、そういう物言いをしない父なのだ。

男女のあるべき姿（とされてきたもの）に囚われていない、なんて高尚な話ではない。ただ、生きる上での美学をそこに見出していないだけだ。

父の長年の友人であるH氏は、父より少し年上の男性だ。戎様《えびすさま》にそっくりな風貌で、いつもニコニコしていらっしゃる。父だけでなく、母も私も散々世話になった。

最後にお会いしたのはご尊母のお通夜だった。あれからもう七年も経ってしまったなんて。私は自分の不義理を恥じた。

「お忙しいところ足を運んでくれてありがとうございます。ご活躍の様子はお父様から伺いました。いやー、良かった」

会食の場には早めに着いたつもりだったが、H氏はすでに着席しており、わざわざ起立してご子息ご息女より年下の私に丁寧な挨拶をしてくださった。恰幅の良い立ち姿もほとんどお変わりない。心穏やかな老後を送っていらっしゃることが一目見てわかった。

娘の独断と偏見だが、父の友人には二種類いるように思う。若かりし日の父と同じ、遊び好きで野心家の博徒タイプと、父とは真逆の真面目で慎重な良識あるタイプ。H氏は後者だ。

実家の階下が父の仕事場だったせいもあり、子どものころから父の友人に会う機会は多かった。居間に全自動麻雀卓を置いていた時期がしばらくあり、夜な夜な人が集まってはジャラジャラとうるさかった。H氏がその場にいた記憶はない。

いまだ父と交流を持っていただけているなんて、そのありがたさに見合う感謝の言葉が見つからない。父には学生時代の友人がいないし、野心家の博徒たちは歳月の流れとともに一人二人と姿を消してしまった。

良いものを食べ、良いスーツを着て、良い車に乗った羽振りの良いツヤツヤの中年男たち。彼らはその後大病を患ったり、離婚したり、商売を畳んで東京を離れたりしたという。たまに誰かの近況を尋ねると、父から気の滅入る返事が返ってくるようになったのはここ十年だ。連絡が途絶えてしまい、消息不明の人もいた。父だって他所ではそう言われているかもしれない。弱みを見せないために、友との縁を切るのが男なのだとしたら。

先日、H氏のもとを父が訪れた際に、私の話になったと聞いていた。どうしているかと尋ねられたので、文章を書いたりラジオでしゃべったりしていると伝えたらしい。偶然にもH氏はこの連載を掲載した『波』の愛読者で、早速ページを繰ってくださった。これまでの著作も読んでくださっていた。なにを渡しても、たいして読みもしない父とは大違いだ。

ならば久しぶりに会食をとお誘いいただき、今日の席が設けられた。H氏の奥様もご同席し、四人で美味しいすきやきをいただく。

H氏は私の活動にくまなく目を通していらっしゃるようで、会話の随所に感想や質問を織り交ぜてくださる。それは想像以上に、いや正確には想像したことのない場面だったが、嬉しかった。私の胸は次第に温まり、ほぐれていった。父からもこういう反応が欲しかったのだと自らの隠れた望みに気付く。

誰かに丁寧に気に掛けてもらえることは、なにものにも代え難い幸せだ。H氏に礼を述べると、父は「Hさんちは隣が本屋だからでしょ?」と憎まれ口を叩いた。娘の本を大量購入して配り歩くようなことは一切せず、なにをやっても放っておいてくれる父にも感謝している。付かず離れず、こちらの都合に合わせてやさしいまなざしを向けろと言うのも我が儘な話かもしれない。私たち親子は、お互いそう期待しているフシがあるけれど。

前菜がひと段落したところで、奥様が鞄の中から数枚の写真を取り出し、テーブルの上に乗せた。H氏夫妻とそのご子息、そして父と母が写っていた。
「お父さんの運転で、みんなで河津《かわづ》七滝《ななだる》へいったの。あなたが生まれる前よ」
奥様の声はとてもやさしい。見れば、なるほど写真の父と母は恐ろしく若い。身内ながら二人とも美形でスタイリッシュ。全体的にシュッとしていて、私の親だとはにわかに信じられない。

小学生のころ、深夜に目が覚め両親のいる階下へ降りていくと、「私たちの子どもなのに、どうしてあの子はあんなに鼻が低いのか」と、二人で私のことを話していたのを聞いてしまったことがある。そんなのこっちが聞きたいよ。私は白けて自室に戻った。

大人になり私の鼻はそこそこ隆起したが、小鼻に厚みがあって好きではない。

前菜のあとは、美味しいお肉をつつきながら私が父の近況をあけすけに報告した。肝心なことはあまり話していなかったようで、少しばかりH夫妻を驚かせてしまったかもしれない。父は私を制さなかった。

話せば話すほどH夫妻は誠実で、父はいい加減だった。

「Hさんのような方が、なぜ父と交流を続けてくださるのですか？」

私は尋ねた。戎様のような顔いっぱいの微笑みで、H氏が私をまなざす。

「僕にはないものを、持っているからですねえ。思い切りの良さとか、勢いとかでしょう。お父さんは商売で成功しようって意気込みがすごかったんですよ。みるみる出世していった。難攻不落の百貨店と契約を取り付けてね……」

「そうそう、あんときはどこの取引先も会社名義の銀行口座じゃないと取引ができなかったけど、俺だけは個人の口座で契約できたの。営業部に目をかけてくれた人がいてさ。俺だけ」

得意げに、一瞬だけ父が話に加わる。父の会社が長年取引していた百貨店はかなりの大手で、確かに零細新規がおいそれと参入できる相手ではない。個人との取引なんて論外だ。

信じた人に気に入られるためなら、相手の期待にとことん応えるのが父の働き方だ。H氏の話を聞いて、若いころの父と一緒に働いてみたかったと、初めて思った。

「お父さんのことを気に入る人は、とことん気に入るんです。でも敵も多くてね、どんどん会社が大きくなっていくから。そうだ、あの怪文書のことは知っているの？」

怪文書、のところでH氏が父を見た。

「あ、話してない」

私を見ずにヒャヒャヒャヒャヒャと父が笑う。ほろ酔いのH氏が、しまったという表情をした。なんだなんだ。

H氏に代わり、今度は父が口を開く。曰く、うんと昔に、百貨店の上役やらその他の取引先やらへ、父の不貞行為を綴ったFAXが一斉送信されたことがあったそうだ。マンションを買ってやったとかなんとか、好き放題書かれていたらしい。私は噴き出した。誇張はあれど、その話は私もよく知る事実ではないか。そんなの「怪」でもなんでもない、ただの文書だ。

父は関係各所に迷惑を掛けたと挨拶して回ったらしい。みっともない。みっともないが、想定内。怪文書の送り主は同業他社だったそうで、いやはや嫉妬とは恐ろしいものである。

出会いに始まり、時系列を追ってH氏が父を語る。そして話は我が家の〝近代史〟に突入した。苦く静かな時代だ。

「お母さんが一時退院していたときがあったでしょう。そのとき、お家にお邪魔したんですよ」

「はい、覚えています」

私は答えた。忘れはしない。

一時退院はしたものの、大量の内臓を取ったせいで母はガリガリに痩せ細り、長い時間体を起こしておくのもままならなかった。

母の退院を知ったH氏が我が家を訪ね、家族で出迎えた。母はパジャマの上にガウンを羽織った。誰が見ても客をもてなせる状態でなかったが、H氏は長居をした。

私は腹を立てていた。もう母を横にしてあげたい。どうしてそれがわからないのか。

数か月後。母の葬式で、H氏は私に言った。

「あのときはごめんなさいね。あの日お母さんの姿を見たら、これが最後になると思いまして。そうしたらすぐに帰ることができなかった」

大人はずるい。そう感じたのを強く覚えている。

母は皮膚が透けて見えるほど弱っていたが、きっと回復すると私は信じていた。悪い予感が頭を掠めるようになったのは、もっとずっと後のこと。風貌から残りの命を知る由など、あのころの私にはなかった。若過ぎてなにも知らなかった。

H氏は思いもよらぬことを口にした。

「お母さんはいつも凛としていて、人前でお父さんに甘えるような人ではなかったでしょう？　でもあの夜のお母さんはお父さんの膝の上に乗って、甘えていたんですよ」

あの母が？　人様の前で？　信じられない。

H氏は、良いものを見させていただいたという口調だった。私もその場にいたのに、まったく記憶がない。

母の最期にまつわる様々な場面で、私は目に焼き付くような光景をたくさん見て、忘れられない思いをたくさんしたはずなのに。大切な記憶を永遠に留めておく術が、私にはないのだ。

父の口癖は「それでもお母さんは俺のことが大好きだった」である。「それでも」で始まるのは、その前に私が父をなじるからだ。父の口癖に異論は唱えるが、反論はしない。不完全な父を、母は最期までまるごと愛していたから。いや、最期だからこそ、まることを愛せたのかもしれない。

H氏は話を続けた。

「小石川の家を出るときに、お父さんがおっしゃったんですよ。『廃品回収業者が大きなリビングの窓から大きなソファやら家具やらをトラックに投げ落とすのを見るのが辛かった』って」

母の葬式に続き、あの夏の光景がまざまざと目に浮かぶ。母が亡くなった一九九七年の秋もきつかったが、二〇一一年の夏は我が家のどん底だ。父と私の関係も酷かった。そのこともいつか書かなければならないが、いまは気力が足りない。

あの夏の父に関するH氏の告白に、気持ちが沈んだかと言えばそうでもなく、安堵の方が大きかった。いつだって父はヘラヘラしているが、心に傷を負わないわけではない。私にはなんでも吐き出せる女友達がいるが、父は誰に開襟できるのか。それがずっとわからず気がかりだった。しかし、H氏が居てくださった。

父には弱みを見せることができる友人がいる。それはつまり、H氏とはなにがあっても縁を切らずに済むということだ。なんと心強いことだろう。

二人にしかわからないこと

冬の晴天が好きだ。冬の晴天は素面だから。麗らかで、うしろめたさがまるでない。空気がクッキリしていて、休日なら洗濯とか散歩とか、身の丈のことさえしていれば気が晴れる。遠出をしないと後悔したり、誰かの不在を嘆いたりしないで済む。私は冬の晴天が好きだ。

我が家の連想ゲームで「日曜」「晴天」と来たら、正解は「墓参り」だ。お盆やお彼岸にかかわらずカジュアルに墓参りを嗜《たしな》めるのは、親を早くに亡くした者の特権だ。幸い私は墓地からそう遠くない場所に住んでいるので、カジュアル度合いにも拍車が掛かる。

待ち合わせに遅れそうだったので、タクシーを捕まえた。ドライバーの運転は予想以上に荒々しく、すべての黄色信号をアクセルベタ踏みで通過した。隣車線にパトカーがいてもお構いなしだ。

私は子どものころから車酔いするタチなので、急ブレーキと急発進の繰り返しに気分が悪くなってしまった。ドライバーは父と同じぐらいの年齢だが、父の運転――それはもう随分昔の記憶になる――とはまるで違った。父は短気な割に運転は丁寧だった。

暴走のお陰か、珍しく私が先に護国寺へ着いた。石材店に入り、日当たりの良い椅子に座り父を待つ。いつもなら父が私を待つ席だ。

ほどなく父が店の外に現れた。赤い革ジャンと中折れ帽にサングラス。首にはベージュのカシミアマフラーを巻いている。

威勢の良いスタイリングに反し、ヒョコヒョコと歩き方がおぼつかない。まるで、逃げ回るのが嫌いなどこかの元知事のようだ。運動しろとあれほど言っているのに。なんとかして体幹を鍛えてもらわないと、歩けなくなったら私が困る。

「お父さん、格好いいわね」

ヒョコヒョコ歩きの父親を見て、石材店で働く女性が言った。いつもより声に艶がある。母が亡くなり、私たち親子がカジュアル墓参りを始めた当時からこの女性はここにいるので、もう二十年近く私たちを見ている。今更父が「格好いい」もない。

父の容姿を褒めてくれる女性はたくさんいるが、私はいつも納得がいかない。話せば興味深い人だけれど、いい年をした爺だし、格好いい、がピンとこない。他所の女性が父のことをそう言うとき、多かれ少なかれみんなメロメロしている。それが私には不可解だ。父を気遣う良い娘を自認するが、父にメロメロはしない。血のつながりがある私以外の女性には、父のメロメロさせるなにかが伝わるのだろうか。格好いい、を聞く度に私だけ取り残されたような気分になる。

ヒョコヒョコ爺さん、こと父が店に入ってきた。早々に、寒い寒いとぶーたれている。今日は比較的暖かいこと、歩き方が心もとないことを指摘し、足を大きく一歩踏み出し体重を乗せ下半身を鍛えるエクササイズを教えた。ウォーキングランジと呼ばれるものだ。大きな筋肉を動かせば体も温まる。転倒を防ぐため、横に椅子を置く。爺さんには酷かと思ったが、素直に言うことを聞き何度か試してくれた。今度から、会ったときには必ずこれをやろう。歩けなくなった父を見たら、私の気持ちが潰れてしまうから。

仏花と線香を買って墓へ行くと、墓の奥に植わっている梅が花を付けていた。メジロが二羽、枝に止まっている。それを見て「もうすぐ春だねぇ」と父が言い、「そうだねぇ」と私が答える。ついこの間まで霜柱が立っていたのにな。〝カジュアル墓参ラー〟の私たちは、季節の移り変わりを墓場で知る。

墓を掃除し仏花を供え、線香を手向けて墓石に手を合わせた。二十分もあれば十分だ。

「俺たちはサッと来てすぐ帰っちゃうのが良くないな。暖かくなったら、おにぎりを持ってきて、ここで食べよう」

坂道を下る父がひとりごちる。毎度毎度そう言うが、この二十年そんなことをしたためしは一度もないではないか。いつだって、サッときてすぐ帰る。

次回の墓参りにおにぎりを持ってきたら、父はどんな顔をするだろう。私は老人と中年女が墓の前で立ったままおにぎりを食べる姿を想像した。なんとも滑稽だ。

歯の具合がどうこうと、父は既に違う話を始めていた。前歯を治したらしい。口の中を見せてみろと言うと、父が立ち止まってアーンと大きく口を開いた。部分入れ歯はあるが、虫歯もないし、銀歯もない。歯並びも良い。着色もなく清潔感に溢れた口内。七十八歳にしては上出来だ。しかしよく見ると、左下の歯が抜けたままになっていた。

「どうしたの、それ」

「根っこが悪くなって抜いたんだ。歯医者はインプラントを勧めるんだけど、まぁこの年からインプラントってのもさぁ」

「お父さん、ほら見て」

私は父に向かって大きく口を開き、口の中を指さした。

「おまえもか」

父が笑った。私も笑った。

父も私も口が小さく、喋ったり笑ったりで歯が見えることはほとんどない。そのせいでいままで気付かなかったが、私も父と同じ左下の歯が抜けたままなのだ。

父同様、私も歯医者からインプラントを勧められていた。けれど、大掛かりな手術が恐ろしく歯抜けのままにしていた。親子揃って同じ歯が抜けているなんてみっともない。みっともないが、お揃いが嬉しくもある。


いつものファミレスではなく、池袋でお昼ごはんを食べることにして護国寺の駅へ向かう。即席エクササイズが功を奏したのか、それとも娘にどやされるのが嫌なのか、父の歩き方はさっきよりずっとマシになっていた。それでも、歩くスピードは遅い。

ホームに電車が到着し、ドアが開く。ゆっくり歩きで父が乗り込もうとしたら、私と同じ年ごろの女性が後ろからグイッと割り込み、先を急いで乗り込んでいった。危ないじゃないか。

エスカレーターやエレベーターの乗り降りでも、父の反応は他の乗客より一拍遅い。すると必ず、横からグイッと前に入ってくる人がいる。ノロマめ、と奴らの背中が語っているようで気分が悪い。世間はこうも年寄りに厳しいのか。グズは邪魔者扱いだ。見ていると、若い人には単なる不注意が多い一方で、中年は一挙手一投足で雄弁に断罪してくる。

私だって、他人様のことは言えない。今日は父と一緒なので違う視点を持ち得ているが、ひとりなら視野狭窄気味に、ノロマだグズだと舌打ちしながら歩いていてもおかしくない。世間が自分にジャストフィットするように作られているのが当然と勘違いし、テンポの異なる人々を態度で排斥する。忙しさにかまけ、不遜な態度には、さも理があるように振る舞う。思い当たる節がありまくりだ。

「西武デパートでトンカツを食べよう」

私がぐるぐると考えを巡らせているうちに、父が店を決めた。またトンカツか。まぁ、いいけど。

昼どきを過ぎていたからか、トンカツ屋にはあまり並ばずに入れた。着席するやいなや、誰にともなく「黒豚ロース」と父が言う。はいはい。私は店員を呼び止め、父の黒豚ロース定食と、私のヒレカツ定食をオーダーした。墓参り、ファミレス、時々トンカツ。父はロースで娘はヒレ。壮大なマンネリズム。

「こんにちは」

艶のある声に振り返ると、五十がらみの女性店員が父に会釈をし、店の奥へ消えた。

また か。

「ここ、よく来るの?」

「ひとりでも来るよ。美味しいから」

「ふうん」

私は父がひとりではないときに同席する人の顔を思い浮かべた。そういえば、しばらく会っていないな。


トンカツを食べながら、少し込み入った話をした。込み入った話を込み入った風でなく聞けるのは、父の長所であり欠点でもある。もっと真剣に耳を傾けて欲しいと願うとき、私にとってそれは欠点になり、大した問題ではないと言って欲しいときには長所になる。今回は後者だった。

「最後は人柄だよ」

口先だけの理想論を語るでも、世間体を盾に正論を振りかざすでもなく、本音と建前のちょうど良いバランスで返ってきた答えに私は安堵した。

そのあとはテレビで見たことをあーでもないこーでもないと言い合い、没したばかりの著名な俳優の最期を看取った女性の話になった。俳優と女性の年齢はちょうど父と私ぐらいで、この年齢差で男女の関係が紡げることに私はただ啞然とした。ワイドショーでは女性の振る舞いが美談として語られていたが、私はそれに違和感があった。

「最後の女が持ち上げられているのは、ちょっと気持ち悪いよね」

父の言葉に大きく頷く。なんだ、今日は気が合うな。

父も私も、彼女を責めているわけではない。物事はいつだって、それを誰がどこから見るかで善にも悪にもなる。

往々にして、外野の見立ては当事者には無意味なものだ。二人にしかわからないことが唯一、二人を支える価値を持つ。その二人だって、まったく同じことを考えているとは限らない。伝聞の伝聞のような話を美しくトリミングして事実のように語るのは、父も私もいただけないのだ。

「格好つけて死ぬことは格好悪いのだから、最期まで格好良かったって、周りが言わない方がいいのにね」

俳優の話をしているようで、俳優は父自身の隠喩でしかない。最後はスッカラカンだったが、最期まで寄り添った殊勝な女性。そんな世間の評が我が父の最期に湧いてきたら、確かに私は鼻白む。それはそれで事実だけれど、過去の歴史を顧みれば諸手を挙げて礼賛はできない。

憎んだり蔑んだりのフェイズをなんとか通過し、父の人間関係すべてに「娘」という札で切り込まないマナーを、私は生きる術として体得した。父も「親」という札で私の人間関係にズカズカ入り込んでくるようなことはしない。父と私の関係も、二人にしかわからないことに支えられている。

父が私の皿にロースカツを一切れ寄越してきた。私も無言で父の皿にヒレを乗せる。ロースの脂はとても甘くて美味しかった。もっと食べるかと尋ねられたので、端の一切れを箸でつまもうとしたら、「豚に失礼だから、真ん中を食べなさい」と怒られた。「美味しいところをあげるよ」とは言えないらしい。

商売は難しい

三十代半ばのこと。友人の編集者が小麦粉（小麦グルテン）を含む食品を避ける健康法の本を編纂し、なんの気なしに試したら体調がすこぶる良くなった。アレルギー検査をしていないのでなんとも言えないが、私は小麦とあまり相性が良くないらしい。パンも、パスタも、ピザも肉まんもクッキーもうどんも大好きなのに、悲しいことだ。

アレルギーと言えば、小学生時代から二十代後半まではアトピー性皮膚炎に随分と悩まされた。強いステロイド注射を打ったことも、反対にステロイド断ちのため関西の病院まで新幹線で通っていたこともある。漢方薬を風呂に入れ毎日何時間も浸かったり、おしっこの成分を分析してカスタマイズしたクリームを塗ったりと忙しかったが、どの治療法も決め手に欠けた。

赤黒く爛《ただ》れた皮膚を見かねて、父は次から次へと新しい治療法を仕入れてきた。「いいものを見つけたぞ！」と言った数週間後には「あれはダメ、こっちにしろ」とやるので気が滅入る。勧められた治療法（ほとんどは民間療法なのだが）を信じた私が馬鹿みたい。父が否定しているのは治療法なのに、ダメだ！　と言われると、まるで私の存在が否定されたような気分になった。

父も肌が弱く、母も蕁麻疹《じんましん》持ちだった。両親揃ってそうならば、私の肌も高確率で弱くなる。この二人のあいだに生まれた限り、避けられない運命だった。

もともと肌の弱い父が、ここ一年は食べ物で発疹《ほっしん》が出るようになってしまった。それは肉だったり、甘いパンだったり、魚卵だったりさまざまらしい。痒い痒いと電話してきて、会うとなるほど、腕に掻きむしったみみず腫れの痕がある。なにを食べてそうなるのか把握ができないらしく、食事が楽しくなくなってしまったようだ。可哀想に。

大人になってからアレルギー反応を起こす場合もあるのかもしれない。私の小麦グルテンのように。そもそも、本当に小麦グルテンアレルギーなのか、私も調べていない。これは親子そろって検査を受けるべきだ。

父には掛かりつけの医者が何人かいて、そのうちのひとりは撤収した実家のそばで長く開業している。引っ越したあとも父は律儀に通っているらしく、お嬢さんが皮膚科医だそうで、今回は二人でお世話になることにした。予約は父が取るというので任せ、土曜日の午後に医院を訪れることになった。

約束の五分前に医院へ着いたら、診察室から父の声が聞こえてきた。コートを脱ぎ、急いで私も中へ入る。

父は右の袖をまくりながら、痒みや発疹が如何に強烈かを切実に訴えていた。しかし、こういうときに限って父の皮膚はスベスベしており、虫刺されのひとつも見当たらない。ちりめんのように萎《しぼ》んだ皮膚に包まれた細い腕は、ただただ白い。それを見て、ああ老人だなと私がしょげる。

「ひどいときっていうのをね、見たかったんですけどね」

ひとしきり父の話を聞いた先生は、カルテに目を落としながら言った。そりゃ父だってひどいときを見せたかったでしょうよ。発疹がないに越したことはないのに、今日に限ってなにも出てこないのが恨めしい。父の物言いはやや大袈裟だけれど、嘘を吐いてはいない。ひどいときはひどいのだ。

先生はヒルドイド軟膏を処方しようとして、一考ののちヒルドイドローションに変えた。そちらの方が伸びが良く扱いやすいのだそうだ。

「先生、背中にもね、バーーーーッて湿疹が出るんです。痒くて痒くて、仕方ない」

過去に何度も処方された薬を出されたのが気に入らないのか、父が尚も訴える。先生は意に介さず父に尋ねた。

「背中には塗れますか？」

「塗れません」

「誰か塗ってくれる人は？」

「いません」

「あら、娘さんと同居じゃないの」

その質問は私が受けよう。

「違います」

「自分でなんとかします」

父が被せるように言った。私は下を向いた。

診察終了というムードになったので、慌ててアレルギー検査のことを尋ねた。先生はキョトンとしている。父も私もキョトンとなる。嫌な予感が胸をよぎる。そして、それは当たっていた。検査の話が通っていなかったのだ。

先生がなにかを思い出した様子で、父のカルテをゴソゴソとかき回す。「ほら」と差し出された紙を見ると、父は既に前回の診察で採血を済ませており、卵白、卵黄、牛乳、チーズにアレルギー反応がないと結果が出ていた。父は採血したことさえ覚えていないと言う。調べなければいけないことが、ほかにある気がしてきた。

「あのね、七十歳を過ぎてからアレルギーになる人なんていませんよ。老人性の乾燥肌。あるいは慢性蕁麻疹でしょう」

先生はすげなく父に処方箋を渡した。大人になってからアレルギー反応を出す人などいないのなら、私の小麦粉はどうなるのだ。あれはアレルギーではないというのかしら。ちゃんと予約ができず気落ちしたのか、採血したことを忘れてしまった自分に傷ついたのか、父はやや意気消沈している。ちょっと前なら簡単にできたことが、ふと気付いたときにはできなくなっているのはさすがに辛いのかもしれない。

「良かったじゃない、少なくともその四つは食べられるんだから」

私は父のしょげた背中に手を置いた。数年前なら、「私も採血してもらうつもりだったのに」と恨み言を吐いたろう。それをしないのは、私が大人になったからではない。父が老いたからだ。老いを責めても仕方がない。

それではと診察室を出ようとしたら、父がやおら掛けていた眼鏡を取り「ねえ、これって取れる？」と鼻の付け根あたり、ちょうど眼鏡の鼻パッドが当たる部分の黒いシミを指さした。

「そのタイプのシミなら、保険適用内で取れますよ」

「じゃあ取ってもらおうかな」

「わかりました。ちょっと待っててくださいね」

先生は別室に消え、液体窒素の煙がモクモクと溢れる容器を手に診察室へ戻ってきた。中には木の棒が刺さっていて、棒の先には脱脂綿が巻かれている。

待って待って。いまからシミを取るの？　なんのために？　展開が早すぎる。信じられない。アレルギー検査はもういいの？

父は背筋を伸ばし、大人しく目を閉じた。

「ちょっとチリッとするかもしれません」

「あ、そう」

黒いシミに脱脂綿の巻かれた棒が押し付けられる。父の顔から白い煙がモクモクと立った。

先ほどまで漂っていた感傷の色はもう、父のどこにもなかった。切り替えの速さは父の美点だが、しばしばこうやって周りの人間を置いてけぼりにする。

シミ、ねぇ。せっかくの休日を潰したのに、結局はジジイの美肌ケアに付き合っただけではないか。シミなら私だって取りたいよ。

腹立ちまぎれに、父の手から検査結果の記された用紙をもぎ取る。卵白、卵黄、牛乳、チーズにアレルギー反応なし。その下に、前立腺特異抗原という見慣れぬ文字があった。

「先生、これはなんですか?」

「前立腺癌の疑いはない、ということです」

あらまぁ、残念だったわね。私は父を見やった。

父は常になにかしらの癌を自称しており、今回は前立腺癌が父の見立てだった。その見立ても外れた。母と違い、父はなかなか癌を患えない。


病院を出て薬局で薬を貰い、二人で街を歩く。実家を撤収して七年、父とこの街を歩くのは久しぶりだった。温かい日差しを浴び、二人で何度も大きなクシャミをした。アレルギー検査を受けずとも、花粉症を患っているのは明白だ。

私たちの前をひとりの老人男性が歩いていた。膝が上がる度に上半身が沈み、ヒョコヒョコしている。

「俺もあんな歩き方をしているのかな」

「そうだよ。まるで同じだよ」

「嘘だね。おまえは嘘つきだ」

「嘘じゃないよ。こないだ教えたスクワットやってる?」

「やってるよ」

「嘘つき」

「嘘じゃないよ」

水掛け論を楽しみ、街を眺める。また新しい店が増えたようだ。そうかと思えば、客の姿を見たことがない中途半端な洋品店がそのまま残っていたりする。この辺りは三年ともたずに消えていく店が殆どで、自社ビルか否かも大いに関係するのだろうが、残る基準、消える基準があいまいだ。

「商売は難しいね」

父が宛てなく言った。本当に、商売は難しい。

熟成肉専門店なんてこまっしゃくれた店もできていた。都会のド真ん中からちょっぴり東へズレているが故の脇の甘さが文京区の魅力だったのに、マンションデベロッパーが変なコピーを付けて煽るから、気取った住民が増えた。歩いている人もみなシュッとしていて気が引ける。

駅まで歩いて、蕎麦屋に入った。父とここへ来るのは初めてだが、店主が母の高校の同窓生なこともあり、私は子どものころから何度も通った。

店に入ると、店主がレジに立っていた。もみあげの辺りが随分白くなっている。覚えているかな？　と顔を覗き込むが、返された微笑みは私が客だからなのか、見覚えがあるからなのか。

席に着き、父は天せいろを、私は鴨せいろを頼んだ。二八蕎麦なら、それほど体調に影響することもない。

この店は母もよく通っていたことなど、父の知らない話をしながら蕎麦を手繰る。蕎麦湯を手に、店主がニコニコ顔でやってきた。良かった、私のことを覚えている。

「ラジオをやっていらっしゃいます？」

蕎麦湯がテーブルに置かれるコトンという音と同時に店主は言った。思わぬ方向から球が飛んできて面喰らう。

曰く、お昼にラジオを聞いていて、名前を検索したら見覚えのある顔が出てきて驚いたのだそうだ。母の娘として、私のことを覚えていたのではなかった。

「ラジオを聞いています」と言われればいつだってそれは嬉しいことだったのに、今日は少し悲しい。店主に改めて母の話をする。うまく話を合わせてくれたが、本当に母のことを覚えていたのか、表情から見極めることは難しかった。

「昔から住んでいた土地ってのはいいもんだな」

店を出たところで父がつぶやく。私もそう思う。この土地に戻りたい気持ちは山々だが、あの家があのままそこにある限り、それは難しい。伴う痛みが強すぎる。家を取り戻そうとすれば、最低でも三億はかかる。

父がコカしたのは四億。商売は難しいのだ。

ステーキとパナマ帽

疎開先の沼津で青い梅を食べ食中毒になったのは、小学校二年生のこと。虫垂炎で日本医科大学付属病院へ入院したのは、中学二年生のとき。大学に入学して間もなく肺結核になり、保生園で療養しながら胸郭成形術を三回受けた。五十五歳でウィルス性肝炎が見つかり、虎の門病院へ入退院を繰り返した。

「我が家にはお父さんは居ないの。うんと年の離れたお兄さんと、あなたと、お母さんの三人家族よ」

元気だったころ、母はいつも真面目半分、ふざけ半分で私に言った。

私が母にお願いしていたことはたったひとつ。

「お母さんお願い、お父さんより先に死なないで」

その願いは叶えられなかった。元気の塊だった母は、スルッと父の先を越し没してしまう。

五十九歳で男やもめに成り下がった男はその後なんとか生き延びて、二〇一七年三月に無事七十九回目の誕生日を迎えた。よく遊び、よくしゃべり、よく笑い、我が儘でお調子者。年齢より若く見えることを自負し、法事で親族の学生から学ランを借りて集合写真にピースサインでおさまる。そんな父が七十九歳になった。いつの間にか肝炎は完治し、ピンピンしている。お見事。

この手の感慨は、親が子に対して抱くものではなかろうか。なのに私はいま、目の前でミディアムレアの牛ステーキを頬張る老人を温かくまなざしながら、その手の感慨に耽っている。

私は人の誕生日を覚えるのが大の苦手で、父の誕生日もずっと覚えられなかった。それが三月二十六日だと記憶するようになったのは、父のトランクを借りて旅行をした大学時代のことだ。ダイヤル式の暗証番号が０３２６で、必要に迫られ覚えた。薄情な娘だが、母が没するまで父の誕生日をまともに祝った記憶があまりない。

今年の三月二十六日は運良く日曜日だったので、父と一緒に昼食を取ることにした。ファミレスではさすがに味気ないとリクエストを尋ねると、父は乃木坂の鉄板焼きハマを指定してきた。私が子どものころに（つまり我が家に金があった時代に）よく通った店だった。父と二人になってから私は一度も訪れていないので、二十年ぶりぐらいだろうか。ランチなら私にもご馳走できる。

当日は大雨だった。乃木坂は以前働いていた職場があり勝手知ったる街だ。しかし、ハマへは父の車でしか訪れたことがなく、駅から歩いて行くとなると、いつもの外苑東通りもまるで知らない道のようによそよそしかった。

ハマは数年前に改築され、濃紺の日除けをしつらえた白枠の小窓が印象的な、ダークチョコレート色の立派なビルになっていた。日除けには牡牛の角を模した金色のロゴマークとSTEAK HOUSE hamaの文字がプリントされている。店の前を通ったことなら何度もあるので知ってはいたが、いざ入店するとなると気圧される。もっと良い服を着てくれば良かったかなと、ビニール傘を畳みながら小さく後悔した。

店に入ると父は既に鉄板の前に腰掛けていた。今日は黒のギンガムチェックシャツにグレーの丸首セーター。配色がモノトーンで覇気がない。あれほど色のあるものを着ろと言っているのに、ちょっと目を離すとこれだ。

父の隣には、賑やかな方が良いと父が招いたお馴染みの従姉妹が座っていた。「お父さんの誕生日を祝うなんて偉いわね」と子どもを褒めるような口調で言われたが、私はもう四十代で彼女は六十代。それでも子どものころと同じく悪い気はしない。

安物のコートを預けるのに赤面したあと、ウエイターが引いてくれた椅子に腰かける。大きな鉄板を囲んだテーブルには、江戸の街が描かれたランチョンマットが置かれていた。なつかしい。銀の箸置きも箸袋も昔と変わらない。ノスタルジーに背中を押され、箸置きを手のひらに乗せる。もっと重かったように記憶しているが、私が大人になっただけなのかもしれない。

右隣には知らない親子が座っていた。娘の方は十代前半、昔の私と同じくらいの年ごろだろう。私と違って、ほっそりしているけれど。親に金があるうちにたくさん食べておけばいいのに。

とろろのかかったサラダをスターターに、私たちのテーブルでも宴が始まった。大ぶりの海老やサシのたっぷり入った牛肉など、これから鉄板で調理される食材が次々と運ばれてくる。誰が焼いてくれるのかなと顔を上げると、そこには背高ノッポのシライさんが立っていた。

あのころと変わらぬ白くて高いコック帽を頭のてっぺんに乗せ、シライさんは優しく柔らかく微笑んでいた。シライさんは肉を焼くのが上手くて無口な人だった。

当時は新人だったシライさんも、いまでは偉くなって鉄板の前に立つことは殆どないらしい。今日は父と私が久しぶりに揃うので、特別なのだそうだ。もう父がこの店に金を落とすことはないだろうに、なんと律儀な人だ。シライさんはいつも良くしてくれると父もご満悦だった。

シライさんが活きたままの海老を熱い鉄板の上に置く。海老がジッと音を立てる。側面はみるみるうちに澄んだ紅緋色を帯び、全身に広がっていった。海老の赤は本当にめでたい色だ。シライさんは大きなナイフと先端が二股に分かれたフォークをクルクル操り、海老の身から頭と殻と尻尾を器用に外していく。やがてほどよく焼けた身が目の前の皿にサーブされ、私はそれを口に放り込んだ。隅から隅まで良い味だ。残った殻をシライさんがヘラで鉄板に押し付けると、我が家に金も母も存在したころの香りが辺りに広がった。

シライさんは次に牛肉へ取り掛かった。七~八センチメートルはあるかという分厚い肉を鉄板に置き、塩コショウをしてドーム型のステーキカバーで覆う。これがのちにミディアムレアのサイコロステーキになるのだ。

肉が焼けるまで昔話でもしようかと「シライさんは……」と声を掛け、私は二の句を失った。シライさんの真っ白なコックコートの胸元に、ローマ字でHiraiと刺繍があった。何度見ても、それはShiraiではなかった。

「お父さん！」

最小限のボリュームで声を荒らげ、目線で合図をする。お父さん、ヒライだよ！

信じられない。私が子どものころからずっと、父は彼を「シライさん」と呼んでいたではないか。恥ずかしくて恥ずかしくて、どこを見てよいかわからず父を睨み続ける。

「俺は江戸っ子だからさ、ヒライがシライになっちゃうんだよな」

父はまったく悪びれない。嘘を吐け。蝿をハイと言ったり、我が母校のフェリスをフエリスと言うのは何度も聞いたことがあるが、ハヒフヘホが全部サシスセソになったのなんか聞いた例《ためし》が無い。

私たちの話が聞こえているのかいないのか、ヒライさんは黙ったまま肉を焼いている。

私は動揺していた。事情を知らない従姉妹は、わちゃわちゃと小突き合う父娘の左隣でワインを嗜みながら肉の焼けるのを待っていた。焼けた肉はあのころと同じく私たちを裏切らなかった。

とろろサラダ
海老
牛肉

もやしのソテー
炒飯
味噌汁
つけもの

父はすべての皿を平らげ、ハッピーバースデートゥーユーの歌声に乗せ出されたデザートプレートも堪能した。記念に三人の写真を撮ってもらい、「金はある奴が払う。お金の流れは一方通行！」との父の掛け声とともに私がお会計を済ませた。

店を出ると、雨はまだ降り続いていた。なにかプレゼントしようと、父を連れミッドタウンへ入る。ミッドタウンは初めてだったようで、浮足立つ父と娘でウインドウショッピングと洒落込んだ。
二階に帽子専門の店があり、ひねりはないがプレゼント向きかと入店する。帽子ばかり大量に持っている父だが、裏を返せば帽子をプレゼントしておけば間違いはないということだ。

ここはオーストラリアのブランドだそうで、春夏向けの涼し気なストローハットが白い壁にいくつも掲げられている。どれも仕立てが良い。父は頭が小さいので、輸入物のほうがピッタリくるかもしれない。どの帽子も配色が落ち着いていて、ヨシダソースの吉田さんのようにはならない。あれはテンガロンハットか。

私は満腹で疲れてしまい、ドカッと店内の椅子に腰を下ろした。

「ねえ、どれか好きなものを選んで被ってみなよ」

「うん。どれがいいかな……」

物色する父に女性店員が近寄ってきて、商品の説明を始めた。父は慣れた調子で店員さんを担ぎ、一気に距離を詰める。店員さんがコロコロと笑う。どこへ行っても同じだなと、私はそのルーティンを眺めていた。

父が壁にかかったひとつを手に取った。つばに癖のある白いパナマ帽で、リボンが巻かれる部分に黒色のストローでぐるりと刺繍が施されている。ほかではあまり見たことがないデザインだし、なかなか良いではないか。

父は鏡の前に立ち、それを被った。

「ダメだ、負ける。この帽子は格好いいけど、俺が負ける」

乱暴に吐き捨て、父はすぐにパナマ帽を脱いでしまった。よく似合っているが、納得いかないらしい。

諦め切れないのか、父は脱いだり被ったりを繰り返し、その度に「負ける、負ける」を連発した。

他の帽子もいくつか試し、渋い顔でまた白のパナマ帽に戻る。それをちょこんと頭に乗せ、くるりと私の方へ振り返る。

「欲しいのはコレ。でも、俺が負ける」

負けるのがそんなに嫌なのか。

「別にいいじゃない。それでいいよ。似合ってる」

私はクレジットカードを取り出した。

我ながら親を甘やかし過ぎだ。父はとても嬉しそうだった。それは帽子を手に入れたことよりも、娘に支払いをしてもらえる喜びが生んだ笑顔のようで、当事者として照れ臭くもあり、他人事のように「良かったね」と思うことでもあった。


「嬉しいねえ。ありがとう、ありがとう」

お会計を待つあいだ、父がへの字眉で繰り返す。

「情けない。しゃんとしろ！」

カツを入れたら、父は真顔に戻りこう言った。

「あのね、偉そうに『ありがとうございます』って言っても駄目なんだよ。ちょっと情けない顔で言うと、相手は『良いことをしたな』と思うんだ。覚えときなさい」

脳裏にのび太の姿が浮かぶ。さしずめ私はドラえもん娘だ。

私の財布は四次元ポケットではないと喉まで出たあたりで、帽子の中折れに指を掛け、不敵な笑みを湛えた父が続けた。

「おい、今度はこの帽子に負けない上着を買わなきゃな」

はっ。これだよ。

騙すとか騙されるとか

あれは私が中学に上がるころのことだった。大晦日の夜、我が家にひとりの男が訪ねてきた。男は父によってダイニングに通され、おせちの用意にてんやわんやしていた母は微かに迷惑そうな顔をした。

応接間として使っていたリビングではなくダイニングに通されたことで、父がこの男に気を許していることがわかった。食卓いっぱいに並べられたおせち料理を左右に寄せ、母が男と父に茶を出した。

父の商売は貴金属の卸と小売りで、男は父の部下だった。恰幅が良く、大きな瞳に力があって、背広が体に馴染んでいた。頼りになる男、という風体。四十代前半だったろうか、頭髪の量がやけに多い人だったのを覚えている。

実家は一階と二階が父の会社で、三階と四階が自宅だった。そのため社員や父の客が自宅階に上がってくることはめずらしくなかったが、今日は大晦日である。こんな日になんの用だろう。私は台所のあたりをウロウロし、男と父を見るでもなく見ていた。

男は前のめりで熱心に父に語り掛け、父も満足そうにそれを聞いていた。詳細は忘れたが、年末商戦の売上がどうのという話だった。当時は百貨店にも店を出していたので、店を閉めたあと我が家へ立ち寄ったのか。仕事熱心な人だな、と頬が緩んだ。

数か月ほど経ったある日、あの男を見掛けないことに気付いた。私は学校から帰ってくると必ず、一階と二階の事務所の様子が見える外階段を使う。長く勤めてくれる社員が多かったので、店の販売員以外ほとんどの顔を把握していた。

「お父さん、大晦日に訪ねてきた人は？　最近見ないけど」

「ああ、在庫を盗んで逃げたよ」

父はこともなげに言った。まるで「お母さんは買い物へ行ったよ」とでも言わんばかりに。

中学生の私にとって、これはなかなか衝撃的な出来事だった。あんなに仕事熱心に見えた人が不義理を働いたことも、平気な顔をしている父の態度にも納得がいかなかった。

あの男はよりによって、大晦日の夜に家族のあいだへ割って入ってきたではないか。仕事熱心ゆえと、父も母も私もそれを責めなかったのに。

現実では、テレビや漫画のように悪人然とした悪人ばかりではないのだ。心がざわざわする事実だった。

先日、久しぶりにこの出来事を思い出したので、父に詳細を聞いてみた。父はあのころと同じく、こともなげに言った。

「宝石屋はたいてい社員に在庫を持ってかれちゃうんだけど、あいつは名簿も盗んでいったんだよな」

盗まれた名簿は、情けないことに怪文書の送り先リストとしても使われたそうだ。怪文書とは、父が世話になったH夫妻と食事をしたときにうっかりこぼれ出た話だ。

H氏が言うところの「飛ぶ鳥を落とす勢い」だった父をうらめしく思った同業者が、父の不貞やらなにやらを書き連ねたFAXを取引先に送り付けたことがあった。その送り先は、あの男が盗んでいった名簿の通りだったという。

なるほど、名簿にはそういう使い道もあるのか。「独立したので、これからはうちの店で買ってください」とお誘いの電話でもするのかと思っていた。

父は男をとっ捕まえたが、警察には突き出さなかったらしい。

「盗むったって、入庫するときに商品を数えているでしょう？　店では毎日棚卸しをしてる。どうやって盗むのよ」

「俺もそれを聞いたのよ。でね、たとえばゴールドのネックレスだったら、納品されたときには何十本かまとめてひと束にしてあるんだ。束は薄い布に包まれてかんぴょう巻ぐらいの太さになってて、何束もある。布をほどいて数を数えて、また包み終わったら、わざとひと束床に落とすんだって。それから落とした束をゴミみたいにゴミ箱へ捨てる。で、ゴミ箱の中身を捨てるときに回収するらしい」

へえ。姑息なやり方を思い付いたもんだ。とてもじゃないが初犯とは思えない。それにしても、盗み方だけ聞いて無罪放免なんて人が良すぎる。

怪文書が流されたあと、内容の真偽を父に問うた人は誰もいなかった。しかし、取引先の上役から「こういうものが流されるようでは駄目だよ」と叱られたという。

怪文書の主目的は、秘密の暴露ではない。誰かの恨みをどこかで買っていると示唆し、書かれた側の信用を貶めることにある。社員から逮捕者を出したら、もっと信用をなくしていただろう。父は会社を一番に考え警察沙汰にしなかったのか。

会社を一番にと言えば立派な経営者のように聞こえるかもしれないが、父には気分屋なところがあり、全社員に一貫性のある態度をとっていたとは思えない。だが店の販売員には、特に女性にはやさしかった。

私が子どものころ、土日のどちらかは家族で外食に行くのが習慣だった。運転中の電話も当時は咎められることがなく（なにせ車に電話が付いていたのだから）、父は外食先のレストランに行く道すがら、自社が経営する店舗に次から次へと電話をしていた。

会話は決まって、父の「お疲れ様。今日はどう？」の一言から始まる。販売員は、父に今日の売上金額を伝える。売上が良いときは、販売員の明るい声が受話器から漏れ聞こえてきた。すると父は、「おー良かったじゃない。なにが売れたの？　へえ、そう。じゃ、風邪が流行ってるから気をつけて」と二言三言交わしてすぐ電話を切った。

売上が悪いときもほとんど変わらず、父が販売員を責めることはなかった。売れない理由を尋ねることもなかった。「そうか、厳しいね。今日は雨でお客さんも少ないからね」とか「いま景気が悪いからね、明日頑張ってよ」とか、あっちの言い訳まで提供していた。

店に電話をして、その日の売上を聞いて、なんになる？　店に足を運んで接客を手伝うわけでもなし、父がサボっているようにも見えた。

それが誤解だったと知ったのは、私が製造から小売までを一貫して行う会社に転職してからだ。平日より売上が良い週末の動向は、月の予算達成に大きく関わってくる。気付けば私も、週末の夜になると自身が担当する店舗に電話をせずにはいられなかった。販売のプロではないので、店に応援へ行ったところで足手まといになることもわかった。売上が悪かったとして、一日中立ちっぱなしの販売員を電話口で責める気にもならない。ただし、閉店間際になると売上を尋ねる電話が掛かってくることだけは、販売員たちに知っておいて欲しかった。そこでバイトの本音がポロリとこぼれてくることもあるのだ。

売上の悪い週末が続いたら、客の少ない平日に店へ行ってボトルネックを探す。すぐに原因が判明し売上が回復することはほとんどなかったが、それは父も同じだったろう。

運の良いことに、私はまだ仕事で騙されたことがない。気分が悪くなるほどの仕打ちを受けたことはあっても、大損をしたとか、タダ働きをさせられたことはない。父はどうだろう？　あのいけ好かない男以外にも、騙されたことはあったのかしら。

「そうねぇ、株だな」

父が答えた。株、ねぇ。

精神的番頭とも言える母が亡くなり、我が家の経済状況はゆるやかに悪化していった。いくつか手を出した貴金属以外の商売が赤字続きになったのも大きいが、最後の一撃は父の株取引だったことに間違いはない。

通常の売買では飽き足らず、父はベンチャー企業の未公開株とやらをじゃんじゃん買い漁った。しかし、どの企業も終《つい》ぞ上場することはなかった。私が知る限り、投資したお金を回収できたこともほとんどない。騙されたというより、間抜けな慈善家である。

そのころには貴金属以外の商売の赤字、つまり銀行への借金も優に億を超えていたようで、なぜもっと手前で退けなかったのかと父をなじる。すると、父は大袈裟に声を作って言った。

「お金ってねえ、目に見えてなくなっていくわけじゃないのよ。少しずつ少しずつ減っていって、気付いたら手が打てないところまで行ってるの」

母が生きていたら、絶対に無茶をさせなかった。大喧嘩をしてでも父のことを止めていただろう。こういうとき、本妻は強い。嫌われようがどうしようが構わない覚悟があるからだ。

父が派手に株へのめり込んでいったときにも、父の傍らには特定の女たちが居た。止めるどころか、父にそそのかされ結構な額を株券に変えたようだ。ひとり暮らしをしていた私は、すべてが終わってからことの次第を知った。

父が騙された話を聞こうとしたのに、父に騙された人たちの話を聞かされてしまった。彼女たちも、父に出会わなければひとり身のまま老後を迎えることはなかったろう。なのに、一銭もなくなったいまでもまだ父のそばにいる。我が家にお金があったときにはそれなりに良い思いもしたかもしれないが、父の様子を見るといまではそれ以上の額を父に使っているようだ。

そもそも、母のサポートで父の商売は軌道に乗った。その結果、ひとり娘の私は十分にお金をかけて育ててもらった。それには感謝している。やがて父はスッカラカンになり、私生活を晒す代償として、この原稿料をまるまる娘から受け取っている。

薄々気付いてはいたが、やはり父が成功した唯一の投資は「女」だ。先行投資した分が見事に利息を生んでいるではないか。この嗅覚を株取引に活かせなかったのが残念で仕方がない。見込んだ女はすべて黒字を生んだのに、株はまるで駄目だった。

悔しさを顔に滲ませた娘とは対照的に、父はのんびりこう言った。

「老い先短いいまになったから思うけど、パン・アメリカンのスチュワーデスだった彼女と、『ミス住友』って言われてた年上の彼女はどうしてるかなぁ。死ぬまでにもう一度会いたいんだよねぇ。探してくれない？」

ご勘弁！　どれほど投資したかは知らないけれど、回収するのは頭のなかの思い出だけにしてくれたまえ。

女たちの姿を想像してもまるでイメージが湧かないが、彼女たちが父に会ったら相好を崩し喜んで世話をする姿だけは、なぜかハッキリと頭に浮かんでくる。

ここにはいない人

七時から夕飯を一緒にと約束していた父が、ひょっこり仕事場へ顔を出した。まだ三時過ぎである。聞けば出先でスマートフォンの電池が切れたとかで、一旦自宅へ戻るのはおっくうなのだそうだ。

腰に手を当てているので訳を尋ねると、歯医者の帰りに品川駅の階段で足を引っかけ転んだらしい。前から歩いてきた女の人のお腹のあたりに突っ込んだらしく、申し訳ないことをしたとしょげていた。幸い先方に怪我はなく、父も軽い打ち身程度で済んだ。ライトブルーのギンガムチェックシャツが良く似合っているが、やはり爺は爺なのだ。

脚力が衰えた老人は、階段の高さ数センチ分の足が上げられず、躓つまずいてしまうと聞いたことがある。打ち所が悪く大腿部などの大きな骨を骨折して、そこから寝たきりの生活になることもあるようだ。生活範囲が限定されると、認知症になることもあるとかないとか。父は相変わらず日がなつけっぱなしのテレビの前にボーっと座っていることが多いようで、いろいろと心配になる。

本当なら、大きな怪我がなかったことを喜び、打ち身をいたわるのが娘としての筋だ。しかし寝たきりの恐怖が先立ち、私は父をなじってしまった。父に寝たきりは似合わない。私もそれを受け止めきれない。老いを責めても仕方がないのに、老いを許さない態度をしばしばとってしまう自分が情けなかった。

父のスマートフォンを充電ケーブルに繋ぐ。痛い痛いと、父が事務所の椅子に腰かける。バツの悪さも相まって、ブスッとしたまま私も席に着く。夕飯の時間までまだ四時間もある。その前に終わらせなければならない仕事は山積みだ。

何年か前の誕生日にプレゼントしたポーターのポシェットから、父がおもむろに一枚の紙を取り出し私に差し出した。見ると、「お見積り」と書いてあった。

「なにこれ?」

「歯医者に行ってきたって言ったろ? 試しにインプラントの見積もり取ってもらったんだよ。そしたらさぁ……」

見積書には、素人の私には意味不明の項目とそれぞれの単価が書いてあり、合計金額の欄には百万円弱とあった。なんとまぁ立派なお値段。これを見せられたということは、私に支払う意思があるか、うっすらと確認しにきたのが本音だな。金が必要なときは必ず自分から訪ねてくるからバレバレだ。

「払わないよ」

私はにべもなく言った。

「なんで？」

「当たり前でしょ。再来年あたりに死なれたら、一年で五十万の歯だよ。遺骨になったら勿体無くて探しちゃうよ」

父も私も左下の奥歯が一本抜けたままで、それが偶然わかったのがつい先日のことだ。貧乏くさいお揃いが私たちにお似合いだと気に入っていたのに、父はさっさとインプラントの見積もりを取っていた。費用もそうだが頭蓋骨に穴をあけるのが怖く、私はしばらくこのままでいるつもりだったのに。

「でもさ」

父はなおも引き下がる。

「俺が死んだら、確か百万円ぐらいの保険金が出るんだ。死んだら回収できるよ？」

そんなヤクザな取引を娘に持ち掛けてくる親がどこにいる？

残念ながら、ここにいる。

あーあ、とため息交じりに父を見た。生命保険だって、昔はもっとたくさん掛けていたはずだ。金がなくなり、片っ端から解約してしまった。

父は昔から歯にこだわりがあった。綺麗な歯をしていないと落ち着かないらしく、私も幼少期に矯正をさせられた。食事と寝るときは外せる矯正器具で、給食のお盆に器具を乗せたまま片付けてしまい、慌てて給食室に駆け込んだことがある。友達も何度か同じ失敗をしていたし、あのころは子どもの入れ歯みたいなものが給食室にゴロゴロしていたのだろうか。

母も結婚するまでは歯並びが悪く、結婚を機に父がすべて直させたはずだ。若かりし日の母の写真には歯が見えるものが殆どない。あっても、確かにあまり良い歯並びとは言えぬ歯がチラリと見えているだけだ。

転ぶと言えば、父は自転車に私を乗せたまま派手にスッ転んだことがある。私にはまったく記憶がないので、多分二歳かそこらの話だ。ということは、父がまだ三十代半ばの話だ。

「ちっちゃいころのおまえは可愛かったんだよ。いまと違って俺になついてて。出掛けるときに、『行くか？』って聞くと、足にまとわりついてくるんだ。俺は田端かどっかの工場《こうば》へ行くんで、自転車の前におまえを乗せて走ってた。そしたら言問通りのあたりで、車道から歩道に乗り上げる段差に引っかかっちゃったんだな。自転車ごとバーンと横に倒れて、俺は大丈夫だったんだけどおまえが落っこちちゃったの。ウワンウワン泣かれて、頭におっきなコブができて見る見る大きくなって、急いで家に帰ったらお母さんにしこたま叱られたよ」

母の怒りは相当だったようで、それから父は自転車に私を一緒に乗せなくなった。あのときの衝撃で脳に障害ができたのではないかという父のあらぬ心配は長年続き、私が二十歳で留学する際には聖路加病院まで行ってMRIとCTスキャンを撮らされた。当然そこにはなにも映らず、整髪料をたっぷりつけていた私の髪の毛の筋が、画像一面に広がっていただけだった。

「お母さんはね、めちゃくちゃ怒るんだけど、後を引かないの。そこがいいところ。ドカーンと怒るけど、そのあとは協力的なの」

私とは別の回想が、父のなかで始まっていた。

私が生まれるよりずっと前、車好きの父はいすゞ自動車の117クーペに乗っていた。試乗して気に入ったが母から猛反対に遭い、一度は断念した車だった。

翌日、気持ちが抑えられなかった父はこっそりディーラーに電話をし、「買う」と言ってしまう。

「ディーラーが気の利かない奴でさ、ピンポーンって家まできやがったんだよ。『契約書を持って参りました』って。もうお母さんカンカンで大変だった」

次から次へと、父が楽し気に母とのドライブの思い出を語る。

私はだんだん恐ろしくなった。

父も母も、当時は心底愛し合っていたことに間違いはないだろう。しかし私が物心付いたころには、その面影はなかった。

仲が悪かったわけではない。人として互いを必要としているのはよくわかる夫婦だった。長く連れ添った絆があるのも見えた。愛し合っていたかと尋ねられれば、愛し合っていたとはっきり答えられる。だが、男と女のそれだったかと言えば首を傾げてしまう。母がよく言っていたように、我が家は年の離れた兄と私、そして母の三人家族のようだったから。

父は空っぽになった場所を外で満たしたが、母は持て余す心をどうなだめたのか。年月とともに変容していく関係を、二人はどう受け止めたのか。夫婦なんてそんなもんだと言われればそれまでだが、そんなもんになるまでの諦めや傷心や後悔は、どこへ押し流されていくのか。

母がまだ存命だったころ、家に遊びにきた私の友人が、母に結婚とはなにかを尋ねた。母は答えた。

「その人のことが死ぬほど好きだったという記憶と、お金があれば結婚は続くのよ」

私が友人からこの話を聞いたのは、母が亡くなってからずっとあとのことだ。私には、そんな大切なことは教えてくれなかったのに。

「そう言えばさ、おまえは車酔いするタチだから、買ったばかりのBMWにゲロを吐いて、それがクーラーの通風口に入ってずっと臭かったんだよ！　ずーっと！」

父に屈託はない。またしても、父と娘の回想は交わらなかった。

無駄話が一向に終わらず仕事が手につかないので、近所の整体院を予約して父をブチ込むことにした。マッサージが終わるころには私の仕事も目途がつく。

その旨を告げると、父は一言「担当はババアでもいいから女の人にしてよ」と言った。

整体院から戻ってきた父と、仕事場の近くにあるイタリアンレストランへ向かう。私たちはどちらもイタリアンが好物だが、父も私と同じように、ここ数年で小麦粉が苦手になってしまった。まあ、パスタさえ食べなければなんとかなる。

メニューを開き、カプレーゼと金目鯛のカルパッチョ、仔牛のカツレツ、牛頬肉の赤ワイン煮込みをオーダーする。金目鯛のカルパッチョが父の口に合ったらしく、私はホッと胸を撫で下ろした。

美味しそうに食べるのは良いが、口を開けている時間が前よりずいぶん長い。年を取って動作が緩慢になり、カトラリーを口に運ぶのに時間がかかる。食べものが口に入るまで、開けっ放しの口内が丸見えでみっともない。口を開けたままにしない方が良いとアドバイスすると、ハイハイと甲高い声で父が応えた。

父は私の言うことになんでもハイハイと応えるが、目の前に私がいないときはズルをしていることも多い。

先週、私からの贈り物を確かに受け取ったと父から連絡がきたので、新しいことを学ぶのに良い機会と、送ったものをカメラに収めＬＩＮＥで送信する方法を教えた。意外とあっさり届いたので訝しく画像を見ると、父が撮ったはずの写真の端に、父自身が映り込んでいた。自分で撮ってないことはあからさまなのに、さも自分が撮ったような返事をしてくる。

誰がこれを撮ったか私にはわかったので、「ありがとうございます。父に練習させたいので、自分で撮れと言ってください」と打つ。すぐさま「イリュウジョン」とだけ返事が来た。このおふざけは、父。いったい何代目の引田天功のつもりだ。

牛頬肉の赤ワイン煮込みを頬張りながら、二人で次の墓参りの予定を立てる。ふと、チカコ姉さんのことが頭をよぎった。

父が墓に手を合わせるとき必ず唱える「チカコ姉さん、ご先祖さま、いつも見守ってくれてありがとうございます」の言葉。父は三人兄弟の末っ子で、姉妹がいた記憶はない。チカコ姉さんは誰なのか？

「俺が生まれる前にいたんだよ、女の子が。でも生まれてすぐ死んじゃったって。本当にすぐだったから、兄貴二人もチカコ姉さんの記憶はないみたい。兄貴二人の下に、女の子。それで終わりにする予定だったけど、死んじゃったんでもうひとりって、俺を作ったらしい。だからチカコ姉さんが生きていたら俺はこの世にいないのよ」

墓前の父が慈しむようにチカコ姉さんの名を口にする理由がわかった。

私は母を偲んだ。

「お母さんて、何回流産したの？」

「俺が覚えてる限りでは、三回」

チカコ姉さんの死がなければ父がこの世にいなかったように、名も無き三人がいなければ、私もこの世に生を受けることはなかった。

誰かの命と引き換えに生まれてきたのではない。生まれる前の事情など、父と私は知ったこっちゃない。それでも、言葉にできぬ肩身の狭さに身がすくむ。せっかくの遺伝子を次に継ぐ予定も、いまのところ私にはないのだから。

悲しい出来事のあとに出てきたのが、こんな二人で良かったのか。答えてくれる人たちはもう、誰もここにはいない。

ふたたびの沼津

海沿いの駐車場に車を停めてもらい、助手席のドアを開けた。重たい熱気が厚かましく車内に押し入ってくる。外に出した左足が刺されたように熱い。この分だと気温は優に三十度を超えている。右手をおでこにかざし、私はひとり松林に入った。

この夏、私が観光で沼津を訪れるのはこれで二度目だ。一度目は頭をかすめもしなかったが、今日はふと、ここが父の疎開地だったことを思い出した。

昭和二十年七月十七日、深夜の大空襲。七歳の父が空から降ってくる焼夷弾から逃げ回り、松林を駆け抜けてから七十二年が経った。

駿河湾沿い一帯に広がる千本松原を有する千本浜公園には、両手で抱えられるほど細い幹の松が一メートル間隔で無造作に生えていた。都内の庭園でよく見る、存在感たっぷりの松とはまったくの別物だ。密集しているので、針葉はてっぺんの辺りにだけ茂っている。

　木々の間を縫うようにして通る小道は、大人二人がようやくすれ違えるほどの幅しかない。休日だが行き交う人はまばらで、ほとんどが犬を連れていた。定番の散歩コースなのだろう。

　松林の中はシンと静かで、海からの風が肌に心地よい。日光を遮る枝はほどよい影を作り、木漏れ日があちこちにまだら模様を描く。

　大きく深呼吸をする。なんとも気持ちの良い場所だ。松が醸す我の強さはあまり得意ではなかったが、ここのは威圧感がなくて良い。どこまでも続く小道をゆっくり歩くと、しばしのあいだ夏の暑さを忘れることができた。

　松林は前にも後ろにも延々と続いていた。祖父が曾祖母を捨てたのは夜中だったというし、これではどこにリヤカーを捨てたか翌朝思い出せなくても仕方がない。私は立ち止まって空を見上げ、真っ暗な空から爆撃機の轟音が鳴り響くさまを想像した。

　どんなに怖かったことか。小学生になったばかりの父、祖父、祖母、リヤカーに乗せられた曾祖母。焼夷弾に当たり片腕がもげた見ず知らずの中学生。逃げ惑う群衆の横を、厩舎から逃げ出してきた馬が狂ったように走り抜ける。

　地獄だ。この穏やかな空間は、七十二年前のあの夜、確かに地獄だったのだ。

松はすべて陸の方へ傾いて伸びていた。海風のせいかもしれない。ひょろりと細い身体はどれもこれも、自分の意思とは無関係に同じ方向を向いているように見える。

「逃げるときは決して自分が最初ではなく、誰かが逃げて、そのあとをみんなが付いていく。何故その方向に逃げるかなんて、誰もまったくわからない」

そんな父の言葉を思い出した。

真っ赤なマニキュア

八月末に、ケアハウスで暮らしていた叔母が亡くなってしまった。突然のことで、親族は誰ひとり彼女を看取ることができなかった。

私が叔母の死を知ったのは夜のことだった。昼ごろから容態が悪化したと聞き、そういえば携帯電話の電源を切ったままだったと慌てて電源を入れると、急変を知らせる従姉からの短いメールが数時間前に届いていた。このとき、叔母はまだ生きていたのに。

私は遅きに失したことを悔やんだ。急いで父に連絡すると、父にはある程度の覚悟があったようで、静かに叔母の死を悼んだ。

昨年の五月、父と二人でケアハウスを訪れたあと、父はひとりで二度ほど叔母を訪ねていた。会えるときに会っておかねばならぬ状態であることを、父はわかっていたのだろう。

一方、私が叔母を訪ねたのはその後たった一度だけ。母を亡くしてもなお、私は人の余命を感じとることができない。

最後に叔母を訪ねたのは、二月の終わりだった。部屋に入ると、先に着いていた従姉妹たちと叔母が私を迎えてくれた。

車椅子の叔母はとても嬉しそうだったが、前に来たときよりぼんやりしているようにも見えた。ほほ笑んではいるが、表情に力がない。

来客だけが楽しみな老人。そんな風情に胸が詰まる。最後に毛染めをしてからだいぶ時間が経っているのか、ショートカットの根本は白く、唇にも色がなかった。そこにいたのは、自立心と好奇心が旺盛な、私の知っている叔母ではなかった。

ケアハウスでの滞在時間は限られている。なんとかしたい気持ちが募る。さて、どうしようか。考えあぐねていたら、誰とはなしに、叔母を外に連れ出そうと言った。

ちょっとでいい、ただの外出をエンターテインメントにしたい。クローゼットを開け、叔母にコートを着せる。棚を覗くと紫のショール、ピンクのひざ掛け、赤のストールが目に入ったので、それらを叔母に巻き付け、ファーのベレー帽を被せた。やはり叔母には派手な色が似合う。

女性の入居者に化粧を施したら、表情が明るくなったとテレビの介護番組で見たことがある。私は鞄からポーチを取り出し、叔母の肌にさっとファンデーションを塗った。次に眉毛を描き、ポンポンと頬紅をはたいて、最後に叔母の化粧道具から叔母らしさ満点の深紅の口紅を出し唇に引いた。

「すっごく綺麗、綺麗」

従姉妹たちが叔母を褒める。

「うまいこと言うわね。あら頬にホクロがいっぱいで嫌だわ」

叔母もまんざらではないようで、鏡を覗きながら帽子を直す。上下の唇をこすり合わせ、口紅を馴染ませる仕草がさまになっている。やがて瞳に力が宿り、その姿はまるで、萎んだ草花が水を与えられてグイっと首をもたげたようだった。

「まるで六十一歳ね」

八十歳を過ぎた叔母が嘯く。私たちが笑う。活き活きとした叔母、従姉妹と私。みんなで女学生のようにはしゃいだ。

ケアハウスから歩いて十分のところにスーパーがあると聞き、車椅子を押して向かうことにした。華道の師範である叔母は、道々に咲く小さな花や花壇を見つけるたび、そばへ寄ってくれとせがんだ。せがむというより、指示出しだ。声は以前より弱くなってはいたが、まだ威勢が残っていることにホッとする。この分だとスーパーにたどり着くのはだいぶ先になりそうだが、それもまたよしとしよう。

到着したスーパーは想像よりずっと広く、私は俄然やる気が漲った。叔母の欲しいものは全部買ってあげよう。またいつ外出できるかわからない。自力で動けなくなった人間は、買い物で気を紛らわすことすら思い通りにはできないのだ。

叔母が疲れてしまわぬよう気遣いながら、車椅子を押してすべての通路をくまなく、ゆっくりと回る。わずかでも叔母が興味を示したものは、すべてカゴに入れる。

もうすぐひな祭りだからと、ピンク、白、黄緑色の三層になったひし形のゼリー菓子を叔母が指差した。四季の移り変わりを大切にする叔母らしい選択だ。

大振りの苺が出ていたので、それもカゴに入れる。珈琲やココアが飲みたいと言えば、スティック状のインスタントをカゴに入れた。叔母の好きな海苔巻きと海老のお煎餅、ナッツやドライフルーツ、お饅頭も。食べきれなくたって構わない。とにかくなんでもかんでも、叔母の目に留まったものはカゴに入れる。

叔母の目が最も輝いたのは、お刺身コーナーだった。冷蔵ケースに並ぶ、白身やマグロの艶々とした刺身パック。ケアハウスの食事はバランスこそ完璧だが、嗜好を十二分に満足させるためのものではない。私はマグロのお刺身パックをカゴに入れた。夕飯が食べられなくなるかもしれないが、たまには好きなものを好きなときに食べたっていいではないか。

従姉がレジに並んだところで、叔母が花束を指差した。スーパーによく置いてある類の貧弱なそれだった。以前の叔母なら見向きもしなかったろう。それでも叔母は、活きた花を欲した。従妹がひとつ選び、急いでカゴに入れた。

レジの向こう側で会計が終わるのを待っていたら、どこからか小さな女の子がトコトコと叔母めがけて歩いてきた。途端、幼児の放つ瑞々しい生命力がその場に漲り、叔母は破顔して嬌声をあげる。子どもの立つ場所だけが日差しを浴びたように明るく輝き、拙い徒歩やぷにぷにの指先から発散される温かな波動を浴びて、叔母も輝いた。子どもの生きる力が、一時停止ボタンを押されたままの叔母の日常を一瞬で突き動かすのを目の当たりにし、私は圧倒された。

買い物を終えたあとも、まだできることがあるような気がしてならなかった。ふとスーパーの外を見やると、横断歩道の先に大型のドラッグストアが目に入った。

「ちょっと待っててもらえる?」

私は従妹に叔母の車椅子を託し、ドラッグストアへ走った。丁度良いサイズのバケツがあったので、入浴剤とともに購入する。

ケアハウスに戻るやいなや、叔母はお刺身パックを早く開けてくれとせがんだ。美味しそうな顔をして、マグロの切り身を何切れも堪能した。苺もひと粒食べ、海苔巻きのお煎餅も食べた。

心臓が動いているだけでは、その人は「生きている」とは言えない。外的刺激が人を活かす。自由に動けなくなったいまでは、以前の日常を薄くトレースすることさえ娯楽になりうる。

私は買ってきたバケツにたっぷりと湯を注いだ。入浴剤を入れ、腕まくりをしてかき回す。足を乗せる車椅子の台を跳ね上げ、浮腫《むく》んだ叔母の足から靴下を剥ぎ取ってゆっくりと湯の中に浸けた。

「あ〜あったかい。気持ちいい」

叔母の声に私の心もじんわりと温まる。

靴下の痕がくっきり付くほど浮腫んだ足を湯の中で揉むと、剝がれ落ちた古い角質が水面に浮いてきた。お風呂に入れてもらってはいるが、サッと流す程度なのかもしれない。次から次へと浮いてくる角質にいたたまれない気持ちになったが、軽々しく「可哀想」とは言えなかった。私は今日までなにもしてこなかったのだから。

湯の中で叔母の足を揉んでいたら、なにか手に引っ掛かるものがあった。左足を上げると、親指の爪が途方もなく伸びている。もう爪切りで切れる範囲ではない。

看護師を呼んで尋ねると、歩かないのでどんどん巻き爪になってしまい、こうしておかないと爪が肉に食い込んでしまうと言われた。確かに叔母の足の爪はどれも巻き爪気味になっていた。真偽のほどは不明だが、これを処理するとなると病院へ行かねばならないらしい。

人の足は、自力で歩くことを前提にデザインされている。あるべき姿の足でいるためには、足の裏にも外的刺激が必要なのだ。

できれば病院に連れていってあげて欲しいと看護師に頼んだが、曖昧な返事しか返ってこなかった。そこまでのケアをするには、人手が足りないのだろう。かと言って、私が平日の日中に病院へ連れていけるわけもなく、やるせない無力感がじわじわと湧いてくる。叔母は静かに私たちの会話を聞いていた。

通夜で叔母の遺影を見ながら、たった三度の訪問を思い出していた。最初に見舞いへ行ったとき、私は草花の塗り絵と色鉛筆を手土産に持参した。退屈しのぎになるし、手先を動かすのは認知症予防にもなるはずだ。

あの塗り絵は一度も塗られていない気がする。塗る時間を共有するところまでがプレゼントなのだと、いまならわかるがもう遅い。買ってきたものをあげっぱなしなんて、まるで父のようではないか。

遺影は叔母らしい笑顔の写真だった。赤地に白い模様の入ったジャケットを着て、唇にはくっきりと赤い紅が引かれている。遺影からいまにもエネルギーが溢れ出てくるようだ。これぞ、叔母。

祭壇の花は、華道の師範である叔母に相応しく華やかだった。三段に渡る花々は白をメインに統一され、胡蝶蘭、百合、スイートピー、大輪の菊が並ぶ隙間をかすみ草が埋め、その上に並んだ小菊が緩やかな曲線を描いていた。

まったくもって素晴らしく、文句の付けどころがない。しかし、叔母の祭壇にしては可憐というか、よそよそしくもある。叔母ならではの豪気な気風がない。

叔母が生きていたら、もっと野趣溢れるものになっただろう。しおらしい花祭壇こそが、叔母がこの世にいないなによりの証《あかし》だった。誰かの不在は、いつだって予想もしないところから知らされるものだ。

「お葬式なのに、バーバが仕切る声が聞こえてこない。不思議ね」

従姉がつぶやく。確かに叔母は仕切り屋な性分で、葬儀では特に誰が先に焼香するかなど口うるさいところがあった。道理で今日は静かなわけだ。

通夜が終わりご遺体に手を合わせに行くと、棺の叔母は死化粧をしていなかった。私はバッグから化粧ポーチを取り出す。ケアハウスでしたように眉毛を描いて、透けるほど白くなった頰に色をさせば、ポッと正気が戻る。流石に真っ赤な口紅はどうかと思い、薄付きのコーラルベージュを軽く塗った。うん、綺麗だ。

持参した赤い口紅を棺に入れたいと伝えると、葬儀業者は困惑の表情を浮かべた。プラスチックや金物は有毒なガスを出したり燃え切らなかったりするそうで、すべてお断りしているのだという。ご時世に水を差されてしまったが仕方ない。


「あら、いまにも目を覚ましそうね」

棺を覗き込み、叔母の姉が微笑んだ。

「そうですね」

私は静かに答えた。

血色を取り戻したように見える叔母の顔は、ドライアイスに囲まれ大理石のように冷たい。もう二度と起きては来ないことは、私の指先がよく知っている。こんなに冷たい顔を触ったのは、母以来だ。

「ひとりは大変だよ」

叔母の後見人になっていた、うんと年上の従姉がわざとぶっきらぼうに言った。

配偶者のいない私は、皆に心配を掛けてしまっている。

「ひとりではないよ」

強がり半分の返事をして、私はその場を離れた。

席に戻ると、形見分けと称し叔母のアクセサリー類が机の上に広げられていた。ビロードや革のアクセサリーケースのほとんどに、引っ掻き傷のような赤い線が付着している。手に取って見ると、それはマニキュアの跡だった。ネイルが乾かぬうちにアクセサリーを付けようとする、せっかちな叔母の姿が脳裏に浮かぶ。

叔母の爪は唇と同様いつも赤く塗られていたが、ヨレが見受けられることがままあった。そうだった、そうだった。そういう人だった。ちょっとヨレたって、箱にネイルが付いたってお構いなし。

豪放磊落《ごうほうらいらく》な叔母は、もういない。

予兆

実家で暮らしていたころ、我が家のダイニングテーブルにはいつも村上開新堂の薄いコーラルピンクの缶があった。中身はクッキーではなく、主に父の処方薬だ。「風邪を引いたら即病院」がモットーの父は薬のコレクターでもあり、飲み切らなかった痛み止め、抗生物質、総合感冒薬、胃腸薬などがちまちまと缶の中に収められていた。

母の常備薬は太田胃散で、それは電子レンジの上に置いてあった。胃もたれしやすいのか、夕飯が終わってしばらくすると、丸い缶を開きプラスチックの匙で掬った白い粉をお茶で流し込む。

十キロ先で吹いた微風でさえ即座に肌で感じ取るが如く、父は己の体調不良に敏感な男だ。すぐに大袈裟な検査をして、結果的には九分九厘なにごともない。

ある日、父は残りの一厘に当たってしまった。なんの検査で見つかったのかは忘れたが、下戸にもかかわらず父の肝臓は肝硬変一歩手前の状態だった。父は五十代半ば、私は大学生だった。

診断はC型肝炎とのことで、インターフェロン治療を受けるため梶が谷の虎の門病院分院に入院した。緑の多い、空気の良さそうな郊外の病院だ。

ただでさえ手のかかる父が入院となれば我が家の一大事で、母は毎日のように食事を作って梶が谷へ持って行き、自分のことばかりにかまけていた私は、たまに母に付いていくだけだった。正直に言えば、梶が谷のことはほとんど覚えていない。

ベッドに寝ている父の顔色はそれほど不健康には見えなかったが、インターフェロンの副作用である倦怠感が凄まじいらしく、ぐったりとベッドに横たわっていた。

「お母さんが来るのが待ち遠しくてね、窓のところで外を見ていると、えっちらおっちらお母さんが坂を上がってくるの。なんだか辛そうでね。俺より疲れてそうだった」

梶が谷の話になると、父は必ずそう言う。私も父も呑気が過ぎて、我が家には別の一大事が進行していたことにまったく気付けなかった。

父の退院と時を同じくして、母が太田胃散を飲む頻度が増えた。顔色も芳しくない。体も内側に萎むように痩せてきた。

太田胃散でどうにかなる状態でないのは明らかだったが、母は頑として病院へ行かなかった。検査をしてくれと頼んでも、「人間ドックには毎年行っているから大丈夫」と返されてしまう。このころ、母はすべてに気付いていたようにも思う。

私の大学卒業と前後し、明らかな不調を押して母はイタリアへ旅立った。イタリアが大好きだった母にとってそれは、母親業の卒業旅行だったのか。

十日ほどで帰国した母は、開口一番「イタリアでは体調が良かったの」と言った。しかし、それが長く続くことはなかった。

私は社会人になり、昼夜間断なく働くようになった。またしても自分のことばかりで、母の容態を気遣う暇がない。

父は何回目かのインターフェロン治療でまた入院したが、今度は虎の門病院本院だったので、見舞いは楽になった。一方で、看病する母の体調は日に日に悪くなる。頼むから病院へ行ってくれと私は懇願した。

掛かり付け医から帰宅した母の表情は硬かった。ダイニングテーブルに出された紹介状には、当時まだ大塚にあったがん研の名があった。

当時、私には良いことと悪いことが一年ごと交互にやってくる運勢にあった。嫌な予感がする。

「去年は良いことがあったから、今年はもしかして」

「やめてよ、お母さんだってそれはわかってる」

ひとりでは抱えきれぬ思いを不用意に漏らすと、イライラと焦燥と不安が混じった母の言葉が飛んできた。母が生の感情をぶつけてくることはほとんどないというのに。

一九九六年の夏。母の検査結果がわかる日、私はとあるライブに行く予定を立てていた。ずっと前からチケットを取って心待ちにしており、なにがあっても絶対に行くつもりだった。なのに、母は病院へ一緒に付いてきて欲しいと言う。

この段になってもまだ自分最優先だった私は、入院先の父を見舞った際に愚痴った。

「お父さんが入院なんかしてるから、私が行くハメになるのよ」

隣のベッドに寝ていた老人が、私たちの会話を聞いて体をこちらに向ける。父と同じ病気を患い、同室のよしみで仲良くしてくれている方だ。

いつもは柔和な老人は、声を硬くして私に言った。

「お母さんに付いて行きなさい。これはね、ちょっとやそっとのことじゃないよ。普段の話じゃないいんだよ」

父が言うべき台詞を聞いた気がした。

父も私も怖くて逃げ回っていた現実が、ゆっくりと頭をもたげ私たちの前に現れた。

はんぶんのおんどり

ファーター乳頭部。聞いたこともない体の部位だ。胆汁を流す胆管と膵臓と十二指腸の接点にある弁のようなもので、とにかくそこに癌細胞が巣食っているとわかった。

一言も聞き漏らすまいと、微動だにせず医師の説明を聞く。理解が及ばぬことだらけで、言葉は右から左へ抜けてしまう。肝臓がんとか、膵臓がんとか、簡単な表現はないのか。

いまと異なり、当時は癌と言えばすぐ死が連想される時代だ。どうしてこんな目に遭うのか、母が可哀想で仕方がなかった。自分も可哀想だった。私はまだ二十三歳だった。手術をすることになり、入院の日が決まる。父はまだ虎の門に入院中で、体調は芳しくない。ふと終わりの始まりを感じ、大急ぎでそれを掻き消した。

私は入ったばかりの会社を半年ほど介護休職することにした。父母の姉妹兄弟を始め、周りの人々がありったけの手を差し伸べてくれたが、これぱかりはしょうがない。私たちは三人家族なのだから。

母が入院してから手術日までの父の様子は記憶にない。「夜の病院を徘徊するようになった」と医師からは聞いていたが、母に付きっきりだった私は、父の兄弟や父と関係のある人に身の回りの世話を任せっきりでいた。投薬のせいで意識がぼんやりしていると、父の義姉から聞いたような記憶がある。

いくつかの検査を終え、母が手術という日に父の心が壊れた。自らの病のせいで母の手術に立ち会えない事実を、受け止め切れなかったのだろう。

逃げたな、と思った。

母の手術は六時間を超えた。体内から取り出した臓器が一枚の写真に収められ、私の前に差し出された。こんなに取ってしまって大丈夫なのかと、素人目にも不安になる。医者が必要な切除と言うなら、それに従うしかないのだけれど。

がん研の古い建物の廊下で立ち尽くしていると、父の義姉が最大限の温もりを込めた、やさしい声で私に言った。

「お母さん、しばらくなにを言っているかわからない状態が続くけれど、心配しないようにね。数日のことだから」

それがなにを意味するか、集中治療室で意識を取り戻した母の言葉を聞くまで、私にはわからなかった。

手術直後の母は痛々しい姿をしていた。テレビや映画で見たことのある、穏やかな無表情の患者とはまったく違う。唇は乾き、眉間にはうっすらと皺が刻まれ、頭はボサボサで、至る所に管が付いている。意識のないまま全身で苦痛を堪えているように見え、なにもできない自分が歯がゆい。

やがて麻酔から目を覚ました母は、想像とまるで違っていた。サッパリした言い方をすれば、ラリっていた。なるほど、「なにを言っているかまるでわからない」とはこのことか。

あるときは、目の前のベッドに寝ている中国人の女性が泥棒の濡れ衣を着せられているので、それを晴らさねばならないと憤怒した。母曰く、盗まれたのは絹の手袋。しかし、集中治療室で母の前に寝ているのは、いまにも死にそうな男性の老人だった。絹の手袋などどこにもない。

またあるときは、私が集中治療室に着くやいなや、「あんなに大量の肉を買ってどうするの！」と私を叱った。聞けば、家の冷蔵庫が肉だらけだと言うではないか。もちろんすべて妄言で、母は相変わらず管に繋がれたままだ。

このあたりから深刻さより面白さが勝り、私は母の妄言をすべてメモするようになった。今日はなにを言うかと、通院も楽しみになってくる。

どうしようイチロニッサンで車を買っちゃったとか、寿司屋の娘の結婚式が如何に盛大だったかとか、母の妄言は本来のユニークな性格を十二分に発揮した内容ばかりだった。こんなときにも笑いを提供してくれる母が誇らしい。


翌日は父を見舞いに虎の門病院へ行った。手術は成功したと、私の口から伝える必要がある。

父はマッチのように細く切った大根をたっぷり入れた味噌汁が好きなので、出掛ける前にこしらえて、保温性の高い水筒に入れ持参する。私にできる労いはそれくらいだ。

父の病室まで歩いている途中、看護師に呼び止められた。

「昨日はお母さんが来ていたわね」

看護師は微笑んだ。ざっくり半分傷付き、残りの半分で言いようのない笑いがこみ上げる。

看護師の言葉は妄言ではない。あの人が来ていたのだ。「その人は母ではありません」と正直に伝えても誰も得をしないので、会釈をしてその場を離れた。

父のいる六人部屋に入る。ベッドを囲む薄緑のカーテンをザーッと開けると、壁に背をもたれかけだらしなくあぐらをかいた父がそこにいた。ヘラヘラと笑っている。どうやら昨日も徘徊したようで、安定剤がまだ抜けていなかった。母の様子を伝えたが、理解しているとは思えない。

仕方なく、持ってきたお味噌汁を椀に入れて渡す。手元が覚束ないのか、父は盛大に椀をひっくり返し、熱々の味噌汁を自分の股間にぶちまけた。

焦る私に対し、父はギャアともワーとも言わずヘラヘラとし続けていた。それはなかなかに恐ろしい光景だったが、同時多発的に両親がラリっているなんて誰もが経験できることではない。こぼした味噌汁を片付けながら、不謹慎にもやや愉快な気持ちにもなった。

後日、両親にこれらのことを尋ねたが、見事に二人ともなにも覚えていなかった。それまで四つの目で見張られていたひとりっ子の私にも、両親揃って私についての記憶がまるでない一週間があることを、私はとても気に入った。

母はやがて一般病棟の個室に移ったが、術後の回復に時間を要し、私は毎日病院へ通うことになった。小石川の播磨坂からタクシーを止め、千川通りを通ってがん研へ向かう。一日も早く家に帰って来て欲しい。母の回復を願うほどに気ばかりが焦った。

母には僅かながら回復の兆しがあったが、困ったことに父の精神が日に日にやられていく。どうしても家に帰りたいと言い出し、週末の外泊が許可されることになった。私は土日も母の病院へ行かねばならぬので、父の兄夫婦が遠方からよく我が家を訪ね、父を見舞ってくれた。

ある週末、訪ねてきた兄夫婦が帰るのを玄関で父と見送ったあとのこと。兄夫婦の車が見えなくなり私はすぐ家に入ったが、いつまで経っても父が戻ってこない。おかしいなと玄関に出ると、父は階段の下にうずくまり声を出さずに泣いていた。涙が滲んだ目は三角形になっていた。

私は大きくため息をついた。やることが山積みなとき、人は感傷的になっていられない。もうすぐ私は母のところへ行かなければならないのに、困ったな。

父の肩を抱きかかえ、ゆっくり階段を上がる。リビングのソファに父を座らせテレビを付けたところで電話が鳴った。

電話は父の主治医からだった。

「お父さん、どうですか？」

私は父の落ち込み具合を簡単に報告した。

「そうですか。薬の副作用もありますからね、とにかく、いまは誰かが必ずそばにいてあげてください」

「と言いますと？」

問いに対する医師の答えを、正確には覚えていない。しかし、それは私の膝を砕くのに十分だった。いまの父は、自死を選ぶこともある精神状態だというのだ。母が全力で死から遠ざかろうとしている最中、父は自ら死へ歩みを進めていくのか。私はどちらの手を取ればいいのか。

電話を切り、私は子どもの時分に読んだ「はんぶんのおんどり」という童話を思い出していた。遺産相続で最後に残ったおんどりを、強欲な兄は半分に割いて食べてしまう。弟は残りの半分を手当てし、のちのち弟のおんどりが八面六臂の活躍をするお話だ。

私はおんどりの気分だった。ここまでなんとか頑張ってきたし、頑張ればなんとかなると思っていた。が、そうでもないらしい。

身が半分に割けるような思いだが、物理的に私を半分に割くことは無理なのだ。別々の場所にいる母と父を、同時に看ることはできない。

母の病院に行かねばならぬ時間は刻一刻と迫っていた。準備をしながら、誰に頼れるか頭のなかで親族の顔を巡らせる。母の看病を交代で担ってもらっているこの状況で、母の親族には頼れない。父の兄はいま帰ったばかりだ。

私は「あの人」に電話をした。

状況を説明すると、彼女はすぐに来てくれると言った。礼を伝えて電話を切る。悔しさと虚しさで胸を掻きむしりたくなった。

私は無力だ。「昨日はお母さんが来たわよ」と看護師に言われたときの、何倍も心に傷が付いた。

母と父と私の三人では駄目なのか？　私たちだけでは十分でないのか？　どうして父は外に関係を持たずにいられなかったのだ。しかし、それがいま功を奏したことは否定しようのない事実だ。こんなに悔しいことはない。

どんなに厳しくとも、私からは彼女を頼るまいと心に決めていたが、この一度だけは、私から頼った。彼女は日ごろの私の無礼を責めなかった。

彼女が長きにわたり陰に日向に父を支え、母が没してからは生活の面倒も見てくれていたことに間違いはない。「私からは頼まない」などというささやかな抵抗は、あまりに無力だった。私の負担が軽くなったのも揺るぎない事実で、感謝をしなければならない。それはいまも続いている。人生は一筋縄ではいかないのだ。

さて、母の没後に再び父が入院したことがあり、その際に私は別の女性の後ろ姿を病院で認めることになる。そちらとも付き合いは長いようで、もしかしたら看護師の言った「お母さん」は、こちらだったのかもしれない。

いまとなっては確かめようのないことだが。

小石川の家　I

年に一度か二度、無性に実家へ帰りたくなることがある。その衝動はいつも突然だ。母の手料理だったり、自室の雑然とした鏡台だったり、平素は遠くに佇む凪いだ記憶が乱暴に引きずり出される。

夜遅くに帰宅すると、私は決まって寝静まった家のダイニングで椅子にあぐらをかき、小さなテレビで深夜番組をぼんやり観ていた。

もう一度、あの場所へ。しかし、その願いは叶わない。私が帰れる実家はもうどこにもないのだから。

それまで住んでいた本郷三丁目から、小石川の家に引っ越したのは私が幼稚園年長のころだった。父はまだ三十代後半だった。

家が建つ前に、父と母と三人で土地を見に行ったのを覚えている。見知らぬ坂の中腹で立ち止まった母の指さす方を見ると、坂の下に古びた白いビルが建っていた。白と言っても、窓枠から滴り落ちた雨だれが壁のところどころにだらしないシミを作り、煤けた汚れも目立つ。手入れの行き届いた建物とは言えない。

母に「ここにお引っ越しをするのよ」と言われ戸惑った。ビルを取り壊した跡地に新しく家を建てるとは理解できず、こんな汚れたところには引っ越したくないと思った。嫌だなあとビルを眺めていると、すりガラスの窓の向こう側に、我が家と同じママレモンの黄色い容器が透けて見えた。

いまここで、誰かが生活を営んでいる。父と母は、その人たちを追い出すのだろうか。得も言われぬ湿った気持ちを持て余していると、ママレモンの窓がガラリと開いた。私より少し年上と思しき、おかっぱの女児が外に顔を出す。やはり、誰かが住んでいる。私たちが引っ越してきたら、この子はどこへ行くのだろう。

半年後か一年後か記憶にないが、再び同じ場所へ戻ると、今度はそこにレンガ造りの立派な建物が建っていた。下から数えると、一、二、三、四階建て。どこからどう見てもピカピカだった。

私はママレモンのことも、窓から顔を覗かせた女児のことも一瞬で忘れた。ここが私たちの新しい家になることが、嬉しくてたまらなかった。一階と二階は父の会社になり、三階と四階が私たちの住まいになる。中はまだ内装の途中で、職人さんが出たり入ったりしていた。

三階には広々としたダイニング、リビング、客間の和室、物置とトイレ。キッチンのタイルや飾りドアなど、センスの良い母のこだわりが細部に反映されていた。キッチンはポーゲンポールというドイツのメーカーらしい。

四階には父と母の主寝室、私の部屋、小さな和室とバスルーム、そしてまたトイレ。家にふたつもトイレがあることに、私ははしゃいだ。

三階で職人さんと話をしている両親を置いて、私はひとり廊下に出た。大きな窓から燦々と太陽が入る四階の主寝室が気に入ったので、帰る前にもう一度見ておきたかった。階段を一段飛ばしに登り、主寝室目掛けて小走りする。おっとっと、廊下がすべる。

主寝室には先客がいた。大きな丸太のように丸められたカーペットの上に、髭も頭もボーボーなでっぷりと太った職人さんが座っていた。

父以外の大人の男性をほとんど知らない上、子どもの目から見て彼はひどく汚れているようにしか見えず、私は怯んだ。

目が合うと、職人さんが「おいで」と手招きした。なんだ、怖い人ではなさそう。

私はすぐに警戒心を解いてしまう子どもだったので、駆け寄って職人さんを質問攻めにした。なにをしているの？　とか、彼の道具を見て、それはどう使うの？　とか、そんなことを尋ねた。

あーとかうーとか、職人さんの返答は芳しくなかった。こんなにも子どもの扱いが雑な大人に初めて会った。背中を丸めカーペットに座る姿は、まるで大きな熊みたい。疲れているのか、顔色も悪い。どうしたのかと食い下がると、彼は一呼吸置いて「風邪を引いたんだよ」とだけ答えた。さみしそうな声。

わけもわからず、胸がぎゅっと締め付けられた。たちまち、得体の知れない熱い塊が喉の方へこみ上げてくる。生まれて初めて味わう感覚だ。それは、なす術もない事態を前に可哀想だと涙がこぼれてくる類の感情とも違った。

その日、数多くいた職人さんのなかで彼の姿だけが私の目に焼き付いた。彼のことが愛おしくなってしまった。

家の様子を見に行く度、私は彼を探した。いるときもあったし、いないときもあった。他の職人さんと違って、彼はいつもひとりだった。家が完成するまで何度か会った記憶があるが、最後まで距離は縮まらなかったように思う。

竣工式が終わると、いよいよ引っ越しだ。父は仕事仲間や親戚を招待し、ささやかと盛大のちょうど真ん中あたりの、具合の良いお披露目パーティーを開いた。行きつけの鮨屋のご主人を招いて客人に寿司を振る舞い、親戚の子どもと私は、外階段でグリコ・パイナップル・チョコレイトに勤しむ。父と母はそろって誇らしい面持ちで、招待客はみな笑顔を湛えている。嬉しくて、楽しくて、私はこの家を作ってくれたあの職人さんのことをすぐに忘れた。

一九七〇年代の最後のあたり、時代も良かった。銀行の気前も良すぎた。それでも三十代後半で四階建ての家を建てたのだから、父もかなり頑張った。親兄弟の反対を押し切って結婚した母も鼻高々だったはずだ。

引っ越し早々、私は父の事務所の応接室でおでこをパックリと割ってしまった。ガラステーブルとソファに両手を掛けて足を上げ、ブラブラと体重を預けて揺らしていたらバランスを崩しテーブルにゴチンとやってしまったのだ。

ダラダラと血が流れ、私はワンワン泣いた。それ以上に大きな声で、父が周りに怒鳴り散らした。私以外の誰が悪いわけでもないのに、父は憤怒していた。

階段の手すりで遊んでいる私を見て、「危なっかしいから」と設置したての手すりをより安全なものに交換したこともあった。このころの父は、私が怪我をしないことにばかり腐心していた。

幼稚園の年長で引っ越し、学生時代のすべてと、社会人になってからの七年、合計でおよそ二十五年をこの家で過ごした。ひとりっ子の私は妹や弟の代わりに雌の子犬を飼ってもらい、ハッピーと名付けた。やがて犬が逝き、想像よりずっと早く、母も送り出した。

母が亡くなってから、父との折り合いは悪くなる一方だった。母という緩衝材が無くなったことがなによりの理由だが、父には父の、父ではない男の顔があることが、共同生活のなかにまま見受けられるようになったのも遠因だ。私の期待に反し、父は全身で「父親」を務めてはくれなかった。

父はあまりにも多面体で、まるで五角形のサイコロのようだ。私はそのうちの「父」という面でしか向き合ってもらえない。五角形のサイコロは不安定で、「父」の一面は一瞬しか現れない。

母を偲ぶときでさえ、父はあくまで夫として妻を偲んだ。仏壇に手を合わせ、母が妻として自分にしてくれたあれやこれやを繰り言として並べるのだ。二人称のみの回顧に、私は混ぜてもらえない。

父にはまるで自覚がなかったが、父以外の面が家のなかで垣間見えるとき、私は娘という肩書きを失う。属性のない者に居場所はない。苛立つ私に父も辟易していた。

このままだと刺し違いになると冗談半分に言い合い、私は三十歳を前に家を出て、男と暮らし始めた。

あのころの私は、実家は永遠に存在するのが当たり前で、無くなることなど想像したこともなかった。窓から外を見ていたあの少女のことも、まるで忘れていた。


家を出てしばらくしたころ、父から電話があった。

「おい、住専から手紙が来たぞ」

急いで実家に戻ると、差出人は住専ではなく債権回収機構で、銀行の債権がそこに移ったことを知らせていた。

父にまだかなりの借金が残っていることを、私はそのとき初めて知った。

あの日、どうするのが正解だったのだろう。いまでもわからない。「自分のことは自分でやって」と父を突っぱね、私はさっさと話を終わらせてしまった。重大なことが起こっているときほど父はへらへらしていると、十数年前の私は知らなかったから。

男との同棲は賃貸契約の更新直後に破たんし、私はまた実家に戻った。

茫然自失のあいだは明かりの灯る家に感謝したが、正気を取り戻すと父の父以外の顔が気になって仕方がない。しばらく不在にしていたあいだに住み心地はますます悪くなっていて、私が買い物をしなくとも冷蔵庫はいつも新鮮な食材で溢れている。出汁は鰹からあごに変わっていた。

身の回りの世話を私が焼かずに済むのはありがたい。頭では理解していたが、母の面影と私の居場所が削り取られていくようで辛くもあった。

「父」以外の面の責任を、私が取る必要はない。私には関係のないことだ。そう自分に言い聞かせた。同居を続けるための暫定的な落としどころはそこしかなかった。しかし、父の事情に理解を示そうとすればするほど、家の中の酸素は薄くなっていった。

いま思えば、父とのあるべき関係に固執していたのは私のほうかもしれない。父が私を娘という定位置に固定し依存することは一切なかったのだから、父は父で不足を補う人間関係があってもよい。母が亡くなってからもう六年も七年も経っていたのだ。

やがて、私は再び家を出た。

しばらくして父は本業の貴金属業を畳み、いくつか手を出していた副業のひとつで生計を立てていた。親身になって手伝いをしてくれる人はいたが、社員と呼べる人はもう誰もいなかった。

話は逸れるが、父の数々の事業の失敗は昔から一目瞭然だった。ある日突然、家中に謎の在庫が溢れる。大量に積み上げられたアメリカ産ビタミン剤の段ボールを見て、父がそれを商売にしていたと初めて知ったこともある。

たいていは、知るのと潰れるのが同時だった。ビタミン剤は粒が大きすぎて、飲めたものではなかった。別の機会に届いた大量の健康食品は、当時どの店でも見掛けたこともないものだった。しかし、同じ成分を謳ったサプリメントがいまは市場に溢れている。

商売に鼻は利くが、父はいつも早すぎるのだ。それでも社員さんたちが一生懸命に本業を頑張ってくれたので、なんとかなっていた。

私が再び実家へ戻ったのは三年後のこと。未婚のまま出たり入ったりだ。数年前から事業を手伝って欲しいと父から言われていたので、やるならこれが最後のチャンスと三十五歳で仕事を辞めた。親孝行のつもりもあった。勤勉に働けば、また実家に居場所ができるとも信じていた。

滑り出しは順調に見えた。私にはやる気が漲っていたし、ソファに根を生やしテレビばかり見ている父も、背広を着て私を連れ取引先や同業他社のもとを訪れた。

威張ったり、我が儘を言ったり、ふざけたり甘えたりする父しか見たことがなかったが、取引先と対峙する父は控えめで真摯だ。多少ぶしつけなことを口走られても、軽くいなすのに驚いた。

帰りしな、取引先へ慇懃に頭を下げる父の背中を見た。こうやって私と母を養ってきたのだ。

あのころ、私はすべてにおいて甘かったとしか言いようがない。貸借対照表も損益計算書も確認せず仕事を辞めたのは、お気楽なサラリーマン気質ゆえ。頑張って働けば、その分のお給料が出るものと信じて疑わなかった。呑気なものだ。

父も私になにも説明しなかった。手取り十五万を切っていた私の給与さえ、誰かから借りた金だとは教えてはくれなかった。

強風に晒されれば、どんな昼行燈もやがて消える。

いつだったか、月末の支払い予定表を見て啞然としたのを覚えている。支払い項目に「家賃」という文字を見つけたから。父に詰め寄ると、実家はすでに人の手に渡っていると言われた。普段と変わらぬ飄々とした物言いに、騙されたとしか思えなかった。飄々とはしていたが、父はちゃんと目を合わせてはくれなかった。

私は債権回収機構から手紙が来たあの日のことを思い出す。永遠にそこにあると信じて疑わなかった実家はとっくの昔に売り払われていた。

それでも父がここに住んでいられたのは、買い主の懇意によってだった。むろん、結構な額の家賃を支払った上でのことだが。そんなことは、いまのいままで一言も聞いていない。

私は肩を落とした。脱臼するかと思うほどに。やはり、母がいないと駄目なのだ。私だけでは、駄目なのだ。

嘆いている暇はない。商売を立て直すしか選択肢はない。

試行錯誤の末、売上は少しずつ上向いていった。それでも製造費や家賃や光熱費のすべては賄えず、毎月数十万を私の貯金から会社の口座へ移す月末が続いた。

グングンと目減りしていく通帳を見るたび、高速エレベーターで急降下するように胃が浮き上がる。どうしてくれると父を責めたが、無い袖は振れないと素っ気無い。

父は口癖のように「この家なんか、いつ出て行ったっていいんだ」と嘯いていた。その傍から、借家となった我が家に私の居場所を作ろうと試行錯誤もしていた。そのやり方は頓珍漢且つ無神経で、私を傷付けるばかりだった。私は父の好意を頑なに退けた。もっとうまくやれるはずだったのに。私も、親身になって手伝ってくれている人も、父以外の誰もが少しずつ損をしているような日々に終わりが見えない。これでは死なばもろともではないか。

ある日のこと。銀行へ振込に行った帰り道、悲しくもないのに右目からだけ涙が溢れて止まらないのに気が付いた。私は至極冷静に、これはまずいなと思った。父には一生できぬ決断を、私がしなくてはならないときがきたようだ。

小石川の家　Ⅱ

二〇〇八年の夏は局地的な荒天が続発したが、小石川の家も例外ではなかった。暑くて、やるせなくて、煩わしくて、疲弊するばかり。私は大汗を掻きながら沈む船を脱出した。

その船を「沈む」と見立てたのは、ほかでもない私である。なんやかんやと二期、つまり二年ほど商売を踏ん張ったが、家のなかの酸素は薄くなる一方だった。さながら高地トレーニングだ。

父はと言えば、二年のあいだに私のやり方には一切口を出さなかった。金を出さなければ口も出さない。是非はともかく、一貫性があるところは高く評価したい。

問題は売上に見合わぬ経費、主に家賃と家の維持費だった。ことあるごとに「こんな商売、やめちゃえよ」と父は私をけしかけた。手伝ってくれと頼んできたのは誰だ？

父だ。それを安請け合いしたのは？　私だ。

全方位に腹が立ったが、乱暴な言いぐさは父のやさしさでもあるとわかっていた。とにかく、やけになって商売まで畳む必要はない。在庫と一緒に私は小さな部屋に引っ越そう。そこで商売を続ける。父とはバラバラに暮らす。軌道に乗ることができたら、父を助ければ良い。

私は意を決した。

「これはもう無理。家を出よう」

そう伝えたのは、四月か五月のことだった。

「おお、わかった。もういいよ、こんな金のかかる家は」

拍子抜けするほどあっさり、父はそれを承諾した。

高地トレーニングの成果か、私の意地はとても悪くなっていた。「ここを出る」と伝えたとき、晩年に家を捨てなければならぬ情けなさで歪む父の顔が心底見たかったほどだ。同時に、このままここに居たら、商売だけでなく父と私も潰れてしまうから、私がどうにかしなければとも思っていた。父を助けたい気持ちと、父に仕返しをしたい気持ちが至極自然に両立していた。

ある日、父が箱に収められた絵画を十枚ほど押入れから出してきた。売って現金にすると言う。こんなにたくさんの絵画を所有していたことを、私はまったく知らなかった。父に絵画鑑賞の趣味はない。現に、リビングの壁に掛かった風景画は、ここに引っ越してから一度も変わっていない。絵画の購入は、叩き上げ特有の文化コンプレックスからだろう。

後悔したのか、売った絵のうちの一枚を描いた画家の展覧会が催されると知った父は、私を誘って日本橋高島屋まで足を運んだ。モノクロームのなかに赤を特徴的に使う画家だった。父は作品のひとつひとつの前に立ち、いつくしむように観て歩いた。

あの一枚を残していたら、のちのちこうして楽しむことができたのか。いや、どうだろう。物の価値など、手元からなくなるまでわかりやしないのかもしれない。毎日毎日、右を向いても左を向いても「もしも、あのとき」しか思い浮かぶ言葉がなかった。

引っ越しの日取りがおおよそ決まっても、父は身の回りの片付けには一向に着手しなかった。何度頼んでも、どこに引っ越すのかも決めない。相も変わらずソファに寝そべる姿は、「誰かがやってくれる」と高を括っているようにしか見えない。

家探しを手伝おうとしたが、千葉の暖かいところに住みたいとか、都心がいいとか、希望がくるくる変わる。私に迷惑を掛けたくない気持ちと、私以外が探した方が気楽だという胸算用の両方が父から透けて見えた。頼り甲斐がないと言われればそれまでだが、ここぞというときに頼ってもらえず、私はさみしかった。

引っ越し費用の相見積もりを取るのは私の仕事だ。二軒分なので安くはない。しかも三十年分の荷物がある。大量の食器、大量の服や靴、それに伴うハンガーや靴を入れた箱。大量のゴルフクラブ、大量の写真、来客用布団（掛け・敷き・シーツ・毛布・枕など）。花瓶、家中の引き出しに詰め込まれた書類、納屋や押入れに詰まった意味のわからない品々。

貰い物の博多人形、ガラスケースに入ったひな人形、南米土産らしき謎の人形、木彫りの熊、二メートル近いぬいぐるみ、記念品の置時計、お土産の置時計、また置時計。母の遺品も亡くなってから手付かずのまま。これらを整理しなければお話にならない。

押入れや箪笥の扉を開くたび、全身から力が抜けていく。どこを開けても物、もの、モノ。これをすべて空にして出ていかねばならないのか。

後戻りはできない。感傷に浸る時間は残されていなかった。一刻も早く、捨てるもの、持っていくもの、売るものを分別しなくては。

とにかく現金が必要なので、骨董品など売れるものは売る。廃品を業者に持っていってもらうには、またお金が掛かるのだから。

今日は四階の和室、来週は三階のダイニングと、七月と八月の週末はすべて片付けに割り振った。私が四苦八苦していても、父はまるで他人事といった風情だった。

私はなりふり構わず従姉妹や女友達に助けを求めた。皆、すぐに駆け付けてくれた。感謝と情けなさに身がよじれたが、あえてぶっきらぼうで通した。事情を深く詮索する者は誰もいなかった。


非協力的な父との衝突が激化したある日のこと、朝ごはんのおかずがどうのといったどうでもいい話から、激しい言い合いになったことがある。

父は椅子から立ち上がり声を荒らげた。腹の底から怒りがこみ上げ、私は父の肩をむんずと摑み椅子に押し戻した。よろけた父は、そのまま椅子にへたり込み無言になった。小さな父を見て、申し訳なさや悲しみより萎えが勝った。これは息子が体験する類の通過儀礼ではなかろうか。「いつの間にか、親父より力が強くなっちゃったなあ」とか、なんとか。テレビや漫画で見たことがある。

私は娘なのに、父を憎み、同時に父を助けたいと力をつけていたら、文字通り父より腕力がついてしまった。これではまるで、配役ミスの寸劇だ。萎えのあとに笑いがこみ上げる。私はいつだって笑ってしまう。

おかしいのは一瞬で、たいていは苛ついていた。「親　縁を切る」でネット検索をしたのは一度や二度ではない。ものを捨て続けるのは、回復の見込みが乏しい病人の看病と等しく、精魂が吸い取られる作業だ。怒り続けていなければ夜を越せない。

日中の作業では、棚からひとつずつ取り出した品々を手に、しばしぼんやりとしてしまうことが多かった。ある友は私の手首をギュッと掴み「捨てないと、終わらない」と穏やかに諭した。ある友は、燃えるか燃えないか区別がつかず狼狽《うろた》える私を「燃やしてしまえ、って箱があればいいのにね」と笑わせた。

廃棄すると決めたもののほとんどは、まだ使えるものばかりだ。いるかいらないかで言えば九割が不用品だが、ゴミにしたいか否かで言えばそうではない。しかし、引っ越し先に持っていったところで仕舞う場所がない。どうしようもない。

実家の整理は葬式だ。いっぱいになった七十リットルのゴミ袋の口を十も二十も結んでいると、後悔ばかりで自尊心が底をつく。ゴミ袋は翌朝ゴミ収集車に回収される。回転板が作動し、思い出をゴミにした罰がバキバキバキバキとむき出しの音になって部屋の中まで響く。毎度毎度、背骨を砕かれるようだった。あの音はいまだに苦手だ。

何度目かの片付けでは、子どもひとりが入るほど大きな段ボール箱いっぱいのアルバムが押入れから出てきた。開くと、見たことのない父の写真がたくさん入っていた。私が生まれる前の若い父。幼児の私を膝に乗せた父。海外出張先の父。ゴルフをしている父。どこかのパーティーで集合写真に写る父。どれを見てもいつくしむ気持ちは湧いてこなかった。むしろ、どの顔にも腸《はらわた》が煮えくり返る。父が写る写真を片っ端から剝がし、私はすべてゴミ袋へ投げ入れた。

剝がしては投げ入れ、剝がしては投げ入れしながら、頭の隅で「これはいつか後悔するぞ」と思った。私はいつもどこかで冷静過ぎる。写真は数時間ほどゴミ袋の刑に処し、そのあとサルベージして別の袋にしまった。

父はと言えば、クーラーの効いたリビングのソファに寝そべり、日がな一日テレビを見ていた。なにも変わらない。そのくせ突然「ビーズで作ったバッグはどこにいった」とか「日本航空の半被は捨てるな」とか、気分で小言が飛んでくるからたまらない。捨てなければ出ていけないのに、捨てることを咎めるような態度を取ったり、かと思えば「じゃんじゃん捨てろ」とけしかけてきたりする。手伝いに来た友人に、どう見ても使い道のないものをあげようとすることも多かった。猫の目のように言うことがころころ変わり、寝そべっているのに落ち着きがなかった。

あの夏、父は目の前の現実に焦点を合わせられないでいた。心の整理を付けるために家を整理する私と反対に、父は心の整理が付かなければ家を整理できなかったのだ。行いは真逆なれど、「どうしてこうなった」「どこで間違った」と父も自問自答していたに違いない。私に向かって弱音を吐かなかったのは、父のプライドとやさしさだと思いたい。

四階にある四畳半の和室には西日が強く射し込む。母はここでよくアイロン掛けをしていた。ほとんど開けたことのない押入れの引き戸は日に灼け、たわんでいた。ズズズと戸を引き、藍色の衣装ケースをひとつずつ畳の上に出していく。ブリキ製のため重く、ボコボコと音も煩《うるさ》い。舞い上がった埃は西日に照らされ、不規則なストライプを宙に描いた。

ケースの蓋を開けると、中から正札が付いたままの衣類がいくつも出てきた。レースのブラウス、カシミアのセーター、どれも高級品ばかりだ。

「ねえちょっと、これすごい」

手伝いに来ていた友人の声に振り返ると、彼女の手には真っ黒なミンクのハーフコートがあった。初めて見る。やはり正札が付いたままだ。一のあとにゼロが六つあった。

ほとんどのことを笑ってやり過ごせる私にも、どうしても認めたくないことがある。百万円の正札を見るまでずっと、私はそれをうまく避けて生きていた。

私は乱暴に答えた。

「へえ、うちってお金あったんだねぇ」

「ほんとほんと、すごいねぇ」

友人は私の動揺に気付かない振りをした。私たちはなにごともなかったように片付けに戻った。

後日、同じく実家と母を失った幼馴染との他愛もない会話で、このエピソードを披露したことがある。

面白おかしく話す私とは対照的に、彼女は私の目をまっすぐ見て、はっきりと言った。

「おばちゃん、さみしかったんだよ」

言葉が出なかった。反論などできない。その通りだ。

私がずっと避けてきた、認めたくない事実。母はさみしかったということ。

母は贅沢を知っていたが、無駄遣いを好む人ではなかった。正札が付いたままの衣類は、そのまま彼女のさみしさだ。家庭を顧みぬ父にぽっかりと空けられた大きな穴を、母は父の稼いだ金を遣って埋めていた。そのさみしさを金に換算したら数百万では利かない。

母が押入れにひた隠しにしていた秘密を、私が暴露してしまった。母に申し訳が立たない。最期まで、自分のさみしさを脇に置き、父と私の幸せを優先させるような人だったのに。

不完全ながらも気楽な我が家。それは私が私を納得させるために長い時間をかけ完成させたスローガンだ。押入れの秘密を暴いたせいで、掲げた旗はどこかへ飛んで行ってしまった。


八月の終わり、遂に父のソファを没収する日が来た。廃品業者に持っていってもらうのだ。胸の中でざまあみろと悪態を吐いた。ざまあみろとあざけりながら、父が海に沈んでいくようで不安でもあった。

回収されるのはソファだけではない。廃棄すると決めた品々が入った数十個の段ボールも、この日に持ち出される。

中身を再確認する暇もなく、段ボールは次々と業者の手で四トントラックに積まれていった。二往復で間に合うはずが、三往復しても「ごみ」と決めたものたちが無くなることはなかった。

その日は酷暑で、手伝いにきていた友人も業者も私も、首からタオルをぶら下げダラダラと流れる汗をぬぐいながら作業に没頭した。謎の連帯感に駆られ、誰もが慌ただしく動き回っていた。父を除いては。

　ソファが消え、広々としたリビングのど真ん中。父はダイニングから持ってきた一人掛けの椅子にあぐらをかき、汗ひとつかかずにじっとテレビを見ていた。

　最後の最後まで、父はそこから動こうとしなかった。船はゆっくりと沈んでいった。残された父はゆらゆらと海原を漂っているようだった。

いいニュースと悪いニュース

父と私はそれぞれの家に引っ越し、しばらくはお互いの家を訪ねもしなかった。母の墓参りだけは欠かさずにいたので、月に一度は顔を合わせていたが。

引っ越して半年ほど経ったころ、沈んだはずの家がそのまま信用金庫になっていると父から知らせがあった。更地を見て泣くぐらいのことはしたかったのに、残念だ。

父は続けた。

「おい、いいニュースと悪いニュースがあるぞ」

本当にそんな台詞を吐く人がいたなんて、と面喰らう。

「なによ」

「どっちから先に聞きたい?」

「いいから早く」

「まずはいいニュース。借金の整理が付いた。六十万で手が打てることになった」

「は？　確か四億あったでしょう？」

「それが六十万になったんだよ。すごいだろ」

「確かにすごいわ」

「だが俺はその六十万円が払えない」

「なるほど、悪いニュースだ」

だったら分割にしてもらえと伝え電話を切ったあと、銀行へ出向き自分の口座から三十万円ほど引き下ろす。私はとことん父に甘い。甘すぎる。備え付けの封筒にお金を入れながら、一度は真剣に縁を切ろうとした相手になにをしているのかと自分に呆れた。

父に優秀な弁護士の先生が付いていたことは知っていた。話にやや誇張はあるだろうが、結果的に残金がその程度になったのは喜ばしい。

電話がきたということは、幾ばくかの支援を期待されているということ。とは言え、実際に娘からちょっとした額のお金を受け取るのは気が引けるかも知れない。さて、これをどう渡すか。

墓参りのあと、池袋の駅まで父を見送ることにした。改札の前で立ち話をし、それじゃあと別れる瞬間、父に封筒を渡した。

「これなに」

「全額は無理だから、三十万」

こんなにもらえない、そんな無理はしなくていい、恵んでもらおうとしたわけじゃない、などなどなど。つらい言葉が父の口を突いて出ないよう、大雑把に伝えた。

が、しかし。

敵は何枚も上手だった。父は明るい声で「ありがとう！」と言うやいなや、ヒョイと自動改札を抜け向こう側へ行ってしまった。封筒を軽く宙に掲げたあと胸ポケットにしまい、駅のホームへ駆け降りていく。あんなに早く階段を降りられるとは知らなかった。見とれるほど鮮やかだった。

この人には一生勝てない。勝てるわけがない。

後に、父は言った。

「現実は見栄を超える」

この先、覚えておいて損はない言葉だろう。

命ある限り、図太く生きるしかないのだ。

似て非なる似た者同士

父と私の似ているところ。

まずは顔。私はそうは思わないが、誰がどう見てもそっくりらしい。私が生まれた日、父は買ったばかりのカメラを持って産院へ急いだ。パシャパシャと何枚も撮ったと父は言うが、フィルムが入っていなかったとかで、生まれたばかりの私の写真は一枚もない。実は血の繋がりが無いのではと疑ったこともあったけれど、これだけ顔が似ていると言われるのだから、それはなさそうだ。

手のひらがクリームパンのように丸っこいのも似ている。指がぷくぷくしていて、指輪が似合わない。母は酒豪だったらしいが、父も私も甘いもの好きの下戸だ。肌が弱いのと手が短いのも似ているが、これは母も同じなのでどちらからの遺伝だろうか。

父も私も口が悪い。二人とも、普通に話しているだけでギョッとされることがままある。父より私の方がだいぶマシだが、ギョッとされるベクトルが同じ方向を向いていることは否めない。

私は大人になったいまでも、自宅で食事をしているとテーブルの上がティッシュだらけになってしまうことがある。口の周りに付いた汚れが気になって、食べているそばからぬぐわないと気が済まない。子どものころからそうだった。母曰く、赤子の私が食事中に口の周りを汚すたび、父がそれをティッシュで拭き取っていたからだそうだ。

どちらかと言えば父は潔癖症で、私は違う。父は美食家で、私はなんでも食べる。父にやられたティッシュ拭きの癖だけが、私に残ってしまった。

この癖を直そうとは思わない。なぜなら積もったティッシュの山は、父が赤子の私のそばに居た時間があったことの証だから。

父のせいで私に残った癖がもうひとつある。

修学旅行や友達との夏の旅行、果ては出張まで、「まず非常口と避難経路を確認しろ」と父は口を酸っぱくして私に言った。なんなら、まだ言っている。火事が心配なのだそうだ。

高校時代のこと。大喧嘩の末、父から「出ていけ!」と言われた私は、言葉通り素直に家を出ていった。

ひとり暮らしの友人の家に泊まることは、母だけには伝えておいた。突然決まったお泊まりに心が躍り、私は友人の家で寝ずにおしゃべりをしていた。

夜中の一時を回ったころだったろうか、友人の家の電話が鳴った。それは母からで、代わると「お父さんがね……」と話し始めた。怒っているでも悲しんでいるでもなく、おかしみを堪えているような声だった。

「お父さんがね……あなたが居ないことに気付いたの。お友達の家に泊まりに行ったって伝えたんだけど、その家が木造で火事になったらどうするんだって大騒ぎなのよ。もう遅いからお友達には申し訳ないけど、タクシーに乗って帰って来てくれる？」

私が身を寄せた友達の家は、鉄筋構造の高級マンションだった。彼女は地方出身のお嬢様なのだ。父の心配には及ばないが、これは大人しく帰ったほうが良さそうだ。帰りのタクシーの中、こんなときにも火事の心配なのかとおかしくなった。

家に戻り父と母の寝室に入ると、父は頭から布団を被っていた。

「帰りました」

「ん」

返事はそれだけだった。翌日からは何事もなく、誰もその話を持ち出さなかった。

父の火事心配性のおかげで、私はいまでも旅先で避難方法を想像する癖が抜けない。

海辺のコテージに泊まれば津波から高台へ逃げる方法を頭のなかでシミュレーションし、高層ホテルに泊まればエレベーターホールで非常口のマークを無意識に探す。それは用心というより、もはや妄想癖に近い。染み付いた教えは抜けそうにないが、果たしてこれは資産か、負債か。

父から引き継がずに済んだ癖には「死ぬ死ぬ詐欺」がある。疎開先でまだ青い梅を食べて中毒になり、自称「重体に近い状態」になったのを始め、中学二年では虫垂炎、高校卒業間近で結核、五十代半ばでC型肝炎、予防接種を受けても一年に一度はインフルエンザと病と縁の切れない人生だからか、なんでもかんでもすぐ「もうすぐ死ぬ」と父は言う。つい先日は、「余命三か月。もって半年」という診断を自ら下していた。医学的根拠はゼロだ。

泣き言を放置していたら父から電話がきた。またしても風邪を引いたようで、ひどい鼻声だ。死ぬ死ぬと疎ましいので、薬やらなにやらを買って父の住む団地へ急ぐ。夜も遅かったが、ひとりでは心細いだろう。

着いてみると、父はひとりではなかった。私が来なくても良かったじゃない、といつもなら機嫌を損ねる場面だが、不思議と腹は立たず、先客への感謝の気持ちだけが湧いてきた。いままで、こんなことは一度もなかった。憑き物が落ちたようで、心なしか気持ちがフワフワする。母が亡くなってから今日までの踏ん張りは、歪な執着だったのか。

父はパジャマのまま、ボサボサの頭でむしゃむしゃとみかんを食べている。そばにあった皮をみる限り、二つ目のようだ。鼻声だが、熱があるせいか血色も良く、むしろ元気にさえ見える。不機嫌そうに「死ぬ死ぬ、もうすぐ死ぬ」と繰り返し、あまり心配しない私を責めた。私は尚もそれを無視し、持ってきたものを先客に説明した。父に話したって、どうせ覚える気なんてないのだ。

「あいつはどこだ？」

父が会話に割って入った。私の同居人のことだ。

「車で待ってるよ」

そう答え、私は団地を出た。風が涼しくて気持ちが良い。

半年ほど前のこと。「実家と呼べるものはどこにもない」と不貞腐れた私に「大きな事故に遭ったとか、お金が一銭もなくなったとか、どうしても友達には頼れない緊急事態に連絡する先が、実家なんじゃないの？」と同居人は言った。

私は父に連絡できるだろうか。本当に憑き物が落ちたのだとしたら、できるかもしれない。

父からの申し次ぎ

五月。父から唐突に「申し次ぎ」と称したメールが来た。開くと、それは淡い遺言のようだった。

お母さんの好きだった江戸の老舗は次の通りです。最中の空也、楊枝のさるや、刃物のうぶけや、はんぺんは名前を忘れました。すき焼き肉は日山。

空也の最中は食べたことがあるが、ほかはどれも馴染みのない店ばかりだ。一度私を連れて回りたいらしい。引き継いだらなにかが終わってしまうような、近づいてはいけない方角へ一歩進んでしまうような予感もあったが、いまやっておいた方が良いという気持ちの方が強かった。

老舗らしいというかなんというか、調べてみるとどこも日曜休みの店ばかりだったので、父とは土曜日に会うことにした。待ち合わせは午後一時に和光の前。この時間から行っても最中は買えぬと空也を諦め、人形町へ向かう。

普段なら電車を利用するが、今日はタクシーを使う。すさまじい猛暑でどうにもならない。せっかくの歩行者天国も日除けがなく、そぞろ歩く人はまばらだった。

人形町の駅前でタクシーを降りると、この炎天下に新築マンションの立て看板を持った人が何人もいた。ご苦労なことだ。

配っていたティッシュをもらうと、それは大手不動産会社が運営するマンションのものだった。薄っぺらな高級感が漂うコピーが躍るだけで、重厚感も威厳もない。

へぇ、一部屋五千万円から。一億円以上する部屋もある。元からここに住んでいる人が住む部屋ではないことは明らかだ。東京がどこもかしこも港区のようになっていく。

私はチラシを鞄にしまった。クシャクシャ、ポイ！　と捨てられないところが弱い。ケッと顔を背けながらも、あの部屋に住んだらどんな生活を送るのかと夢想するのをやめられなかった。

父の手に、サイズの割に重そうな紙袋がぶら下がっていたので中身を尋ねる。

「お母さんの出刃包丁。これを研ぎに出すの」

袋の中を覗くと、幾重にも新聞紙にくるまれている。新年に新巻鮭をもらい、母が解体に手こずっていたのを思い出す。そうか、父はあの包丁をまだ取っておいたのか。

道を間違え人形町通りを逆方向に歩いたせいで、うぶけやへ到着したころには父も私も汗だくだった。店は想像よりずっと小さく、建物ごと江戸時代からタイムスリップしてきたようにも見える。

古めかしい日本家屋のガラス戸を引くと、店内は客が四人も入ればいっぱいの広さだった。腰よりやや低いガラスケースには、さまざまなサイズと仕様の包丁が並んでいる。中国からの観光客と思しき親子が覗いているガラスケースには、毛抜きや爪切りが綺麗に並べられていた。

壁には江戸文字で書かれた東都のれん会のポスターが額装して飾られていた。とらや、豆源、いせ辰、更科堀井、言問団子、うぶけやも、このあと訪れるさるやも、父が名前を失念していた練りものの神茂も名を連ねている。しばしうっとりと眺める。

江戸から明治初年にかけて創業された、百年以上の伝統を持つ古いのれんの集い。商売が三代以上続いていないと、会員にはなれないと聞いたことがある。都会のタワーマンションには金さえあれば入れるが、この集いには歴史がないと入れない。踏ん張れ、本物の東京。

額の横には、大きなガラスケースがあつらえられていた。「あっ」と声が漏れる。ケースには大中小、二十種類以上の裁ち鋏が並んでいた。見覚えがある。母が大切に使っていたものと同じだ。

子どものころ、裁ち鋏で布以外のものを切るたび母に厳しく叱られた。切るものによって鋏を変えなきゃいけないと母は何度も私を諭した。裁ち鋏はいま私の家にあり、プラスチックだろうがビニールだろうが、なんでもじゃんじゃん切るのに使っている。私は言いつけを守れなかった。裁縫箱で錆を付けたまま放置されている握り鋏も、おそらくうぶけやのもの。次に来るときには、どちらも研ぎに出さなければ。

眼下のガラスケースを挟んだ反対側には一畳ほどの畳が敷かれていた。ケース越しに出刃包丁の入った袋を差し出し、店の女性に「研ぎに出したい」と伝えた。

引き戸で仕切られた奥が作業場になっているようで、女性はスッと戸を引き向こう側へ消えたかと思うとすぐに戻ってきた。

「二週間ほどでお届けできます」

所作にも佇まいにも品がある。一朝一夕でこうはいかない。

ほどなく、奥から職人が出てきて父に話し掛けた。

「六寸の出刃包丁をご家庭で使っているのは珍しいですよ。普通は五寸」

「あれはうちの女房が使っていた包丁でね、もう死んじゃったもんだから、今日は娘を連れて研ぎに出しにきたんです」

父が湿った声を出すと、職人と店の人が哀れんだ顔をした。

「だから、こんな暑い日に……」

女性店員の声には同情が滲んでいる。あやうい。

「死んだのは二十年前なんですけどね」

私はぶっきらぼうに付け加えた。店の女性がポカンとしている。

「創業から何年ですか？」

慌てて話題を逸らす。

「初代が亡くなってから、二百三十年になります」

私より年下と思しき別の女性店員が、まるで二百三十年をつぶさに見てきたような口調で答えた。今度は私がポカンとした。

包丁を我が家に送ってもらう手配を済ませ、父と店を出る。

次に訪れたさるやは移転したこともあり、モダンこの上ない店構えだった。ざっと商品を眺めても、母の思い出が想起されることはない。

うぶけやの裁ち鋏よろしくなつかしの邂逅を期待したが、見事に宛が外れたようだ。

残念だが仕方がない。同居人に土産でも買って帰ろう。

何の気なしに、目の前にディスプレイされた水菓子用の楊枝を手にとる。途端、芳しい黒文字の香りが鼻をつき、強い力で過去に引き戻された。

この香りは実家の台所に漂っていたものだ。あれは羊羹を食べるときだったろうか、それともりんごを食べるときだったか。箸やカトラリーの入った引き出しを引くと、いつもこの香りが漂ってきた。母の立つ台所には、確かにこの香りがあった。店の人に怪しまれないよう、私はレジに背を向け胸いっぱいに黒文字の香りを吸った。楊枝は自分への土産としよう。

練りものの神茂では、緑色の蔓《つる》が描かれた包み紙に見覚えがあった。日山の牛肉は、知らぬうちに私の血肉となっているのだろう。縁などないと思っていた店々は、どこも私の遠い遠い記憶に染みついた品を、変わることなく扱っていた。

移ろいばかりが目に付く東京にも、ここで生まれ、死んでいく人々のために綿々と続く商店がある。東京に暮らす私と、暮らしていた母。二人を結ぶ店々。父がまとめて私に手渡してくれたのは、生きていれば母から受けたはずの申し次ぎだ。

今日、父が初めて母と私を繋いだ。

母が鬼籍に入って二十年。しっちゃかめっちゃかだった父と娘は、ときに激しくぶつかり合いながら、友達のような、年の離れた兄弟のような疑似関係を築くことでなんとかやってきた。生きていようが死んでいようが、ときに緩衝材であり、通訳であり、思慮の浅い父娘を繋ぐ綱が母だ。父を見る視線の中間地点には、常に母が立っていた。視界がぐるりと回転する。記憶のなかに母を見やると、母と私のあいだに父が立っていた。いままでで一番、父が父親らしく見えた。

禍福はあざなえる縄の如しというが、親子は愛と憎をあざなった縄のようだ。愛も憎も、量が多いほどに縄は太くなり、やがて綱の強度を持つようになるのだろう。

お母さん、我が家もようやく、父と母と娘の三人家族になりました。

日本橋で父の背中を見送りながら、私は母に話し掛ける。振り返らぬまま、軽く右手を挙げ父が地下鉄の階段を降りていった。

本書は、「波」二〇一六年三月号〜二〇一七年八月号連載の
「生きるとか死ぬとか父親とか」を大幅加筆・修正のうえ、再構成したものです。

ジェーン・スー
1973年、東京生まれの日本人。作詞家、コラムニスト、ラジオパーソナリティ。
現在、TBSラジオ「ジェーン・スー 生活は踊る」のMCを務める。
著書に『私たちがプロポーズされないのには、101の理由があってだな』
『貴様いつまで女子でいるつもりだ問題』
『女の甲冑、着たり脱いだり毎日が戦なり。』『今夜もカネで解決だ』など。
コミック原作に『未中年』(漫画：ナナトエリ)がある。

生《い》きるとか死《し》ぬとか父親《ちちおや》とか

2018年5月20日 発行
2018年6月 5 日 2刷

著者 ジェーン・スー

発行者 佐藤隆信
発行所 株式会社新潮社
〒162-8711 東京都新宿区矢来町71
電話 編集部 03-3266-5611 読者係 03-3266-5111
http://www.shinchosha.co.jp

印刷所 株式会社光邦
製本所 大口製本印刷株式会社

乱丁・落丁本は、ご面倒ですが小社読者係宛お送り下さい。
送料小社負担にてお取替えいたします。価格はカバーに表示してあります。
 ISBN978-4-10-351911-9 C0095